タクト／鈴谷拓斗
なぜかこの世界に
やってきてしまった日本人。
【文字魔法】使い。
ライリクス
めちゃくちゃ甘党の
衛兵隊隊員。
シュリィイーレ
衛兵隊副長官。
ビィクティアム
ミトカ
親と暮らしていない
子供達のひとり。

ガイハック
日用品修理の店を
構えている鍛冶師。
ガイハックの妻で
食堂を営んでいる。
ミアレッラ

ぐったりとして動かないが……まだ息がある。
みんなが駆け寄ってくる前に、
解毒だけはしておこう。
食堂を背にし、駆け寄ってこられても
見えない位置でコレクションから紙を、
そして左胸のペンを取り出す。
手にした紙はハガキ大くらいだったので、
急いで『解毒』『回復』と二行に書いた。

ふわり、と空気が動くような感じがあって、
毒が消えているのか爛れがなくなっていった。

目次

contents

-L'histoire d'Isgloriest-

一章◆異世界ってやつですか？

おかしい。
なんでこんな所にいるんだ？
俺は確かに自分の部屋にいた。
駅の売店で大好きなK軒の弁当を買って、お茶を入れようとしたんだ。
そうしたら、突然足下が崩れて……ここにいた。

俺、鈴谷拓斗《すずやたくと》は今日一日、めちゃくちゃゴキゲンだった。
なんてったって、待ちに待っていたS社和色シリーズの新色インクが出たからだ。
俺はインクとインク瓶、そして万年筆が大好きで、ずっと集めている。
カリグラファーになりたくて。

小学校三年の時に、動画でカリグラフィーを初めて見た。
衝撃的な美しさだった。
手書きで、しかも下書きナシの一発書きで、あんなに綺麗《きれい》な文字が書けるなんて！
それからは、カリグラフィーの虜《とりこ》だった。
およそ子供らしい遊びとか、ゲームとかを全然やらなくなった。

万年筆はまだ買えなかったし、カリグラフィーペンなんて親に言っても買ってはくれなかった。

だから蛍光ペンとか、ペン先が平らなマーカーとかで練習していた。

お小遣いを貯金して、毎月一瓶か二瓶のインクを買うのが楽しみだった。

そうして、コレクションの楽しみを覚えた。

コレクションは増え続けた。

インクは勿論《もちろん》、いろんなサイズや紙質のノート、ばら売りの紙も買っていた。

ペンやマーカー類も、色々な種類のものでカリグラフィーを楽しんだ。

沢山の文字が書きたくて、色々な国の辞書も少しずつ増えていった。


中学に入って、やっと初めての万年筆を手に入れた。

親が、入学祝いにと買ってくれたのだ。嬉《うれ》しくて、嬉しくて、手に持って胸に抱いて寝たほどだ。

でも、それが両親からの最後のプレゼントになった。

酔っぱらい運転の車が、信号待ちをしていたうちの車に突っ込んできたのだ。

運転席と助手席にいた両親は亡くなり、俺だけがたいした怪我《けが》もなく生き残った。


それからは、父方の祖父母と一緒に暮らし始めた。

ふたり共優しくて、俺は特に不満などなかった。

祖父は書道家で、俺が文字を書くのが好きだと言うと喜んでくれたのだが書道でないことを残念がっていた。

引き取ってくれた祖父に悲しげな顔をさせてしまったのが心苦しくて、書道を始めたりした。

でもやっぱり、俺はカリグラフィーが好きだったんだ。

きちんと、整然と、隙間を極力空けずに均等に書く技術や文字の美しさは書道の美しさとは違う。

だが、俺の実力では……カリグラフィーだけでは食えない。

余程のデザインセンスがあったり、美大卒とかで他の技術もあればなんとかなるのかもしれない。

でも、検定に合格したが、カルチャースクールの講師にギリギリなれたくらいだ。

フリーでなんて、仕事は殆《ほとん》どない。しかし、書道には今も助けられている。

書道は祖父の指導もあって、かなり上の段位まで取れた。

だから、二十三歳の時になんとか書道教室の講師になることができた。

やっぱり、指導してくれるプロがいるのといないのでは違うのだろう。

それでも『文字を書く』という仕事で、二十七歳で独立できた。

祖父母が亡くなった後もひとり暮らしをしながら、コレクションを増やしていった。

寂しさや孤独を埋めてくれていたのも、このコレクション達《たち》だ。


なのに。


こんな、森の中に。

俺は、なんでここにいるんだろう……？

○

「とにかく……ここがどこかは、周りを見ただけじゃ解《わか》らないな」

森である。部屋から、いきなり森の中である。

俺の今の格好は、部屋に入って着替えたスウェットの上下。ポケットは空っぽ、手にも何も持っていない。足は……靴下だけは、脱ぎ損ねていたから履いてる。

「……なんだか絶望的じゃねーか？」

こんななりで、アウトドアなんて全く未経験の俺が、なんの道具もナシに！

靴さえもないんだぞ？

どうやっても、行き倒れる未来しか見えねぇ！

ははは……なんだってこんなことになってんだろう。

俺、なんか悪いことしたかなぁ……くそぅ、あの弁当食いたかったなぁ……腹減った……

こんな状況なのに頭の中には、部屋に飾ってあるインク瓶や万年筆のことばかり浮かぶ。

もう、手に取ることはおろか、見ることさえできないのか。

二度と……文字を書くこともできずに死ぬのか……

「さよなら……俺の、コレクション達……」

呟《つぶや》きと共に涙が溢《あふ》れた。

……その時。

ふぉん

へんな音が聞こえて目の前にまるで、ＴＶのような……デジタルっぽい画面が現れた。

こういう画面、高校の時にクラスのやつらがやっていたゲームで見たことがある。

その画面はマス目状になっていて、中になにか画像が並んでいる……？

「……！　インク瓶……？　俺の、俺のコレクションのインク瓶だ……！」

全部、ある。俺の部屋に飾ってあった全部が、ずらっと！

もしかして、これが噂《うわさ》の走馬燈《そうまとう》ってやつか？

好きだった物とか、人とかが死ぬ間際に見えるっていう……だが、いつまでも消えないし、画像も変わらない。でもいいや。ずっと、ずっと、眺めていられる大好きなモノ達。

ふと、端の方に数字が見えた。

「1／20……？」

数字に手を伸ばすと、画面が切り替わった！

「インク……インク……あ、万年筆だ！」

数字を確認すると『3／20』になっている。

ページが変わったってことか？

え？　走馬燈ってページを自分で変えるの？　そんなわけあるかい！

次々にページをめくっていく。ペンやマーカー、ノート、紙、習字の筆や墨、硯《すずり》もある……そしてなんと、靴や服まであるではないか！

「俺の家の中のモノが、全部あるのか？」

○

「……あったとしても、見られるだけじゃなぁ」

画面を十ページまで進めたところで、手を止めた。

俺は結局、現状が何も好転していないことに気付いてしまった。

「でもまぁ、好きな物達を見ながら死ぬってのも悪くないかぁ……」

色とりどりのインク瓶が並ぶ一ページ目を眺めつつ、画面に手を伸ばす。

インク瓶のひとつに触れた瞬間、そのインクが。

手の中にあった。

「え……？　取り出せる……？」

これって幻か？　いや、ちゃんと手に持ってる。

つるつるで可愛《かわい》い瓶が俺の手の中に間違いなく存在している。

蓋を開けると、ちゃんとインクが入っている！

もしかして……この中の物は全部、取り出して使えるのか？

「だとしたら……！」

キッチンに置きっぱなしにしたＫ軒の弁当！

アレがあれば、この鳴っている腹を黙らせることができる……！

……なかった。

最後のページまで、目を皿のようにして探した。

が、愛するＫ軒の弁当はなかったのだ。

「なんか食べ物、あれば良かったんだが……」


ふぉん！


画面が……変わった。

キッチンにある食べ物や、備蓄していた物が並んでいた。

「……部屋別になっている？　いや、食品とそれ以外……か？」

一番最初、俺はなんて言ってインク瓶の画面を出したんだっけ……

確か……

「コレクション」

出た！

インク瓶の画面！

「食べ物」

出た――！

部屋に常備してあった、ポテチとかペットボトルの水や野菜ジュース！

調味料類もあるぞ！　ここに弁当があるのでは！

……

……

なかった。

「どういう理屈なんだ……？」

俺は画面の隅々まで見て『↑3』と書いてあることに気付いた。

「……三個以上ってことか？」

よく見ると、食べ物の方は商品名の横に下向きに三角マークがある。

三角マークに触れると、ずらっとラインナップが出てきた。

「おおー、ポテチは商品名と味が……そっか、全部合わせて三個以上あった物だけ、ここに表示されてるのか」

多分、弁当がなかったのは俺の家にあった『弁当』がひとつだったからだ。

「コレクションの方は表記が違うな……『↑5』……でも食品みたいにまとめられていないぞ？」

『インク』や『万年筆』はメーカー別・シリーズ別・色別に並んでいる。

同じものが二個以上ある場合だけ、三角マークが付いているようだ。

コレクションの表記は、眺めて楽しむことができる仕様になっているのだ。

なんてコレクターに寄り添った素晴らしい機能だ……！

しかも全部持ち歩けるとか、最高過ぎだろ！

さっき取り出したインクを画面に近づけると、すっと中に吸い込まれた。

取り出したモノも、再度しまえるようだ。


取り敢えず、俺は靴を出し、靴下の替え、パーカーの上着を出して身につけた。

……でも、なんで服や靴が『コレクション』に入ってるんだ？

『日用雑貨』とか『服飾』とかでも良さそうなものだが。

「取り敢えず、なんか食おう」

すぐに食べられるものがポテチだけだったので、野菜ジュースと一緒に腹に入れる。

これがなくなったら終わり、なんだろうな……水と鍋があったって、火がつけられなきゃお湯が沸かせない。つまり、カップ麺は食えない……アウトドアスキルゼロどころか、マイナスの俺には火おこしなんて無理！

「非常持ち出し袋は……ひとつしかなかったからなぁ……」

ひとり暮らしでは、複数、買わないよね……

◯

それにしたって、どう見ても日本じゃないよな？

いや、地球じゃない可能性だって考えられるぞ。だって、変な画面から物が取り出せるとか。

あれか！　今、流行の異世界ってやつか！

……更に、生きる難易度が上がった気がする……

腹が落ち着いたので、改めて辺りを見回してみる。

周りの木々は……白樺《しらかば》？　幹が白いから多分そうだ。でも、なんだか柔らかそうな木だな。

地面は、傾斜が殆どない。ここは高原の森かなんかなのか？

樹海とか原生林でないなら、もしかしたら近くに道とかないか？

「ゴミ……どうしようか」

食べたあとのゴミが、あの画面の中に入らないか試してみた。

でも食品でもなくなっちゃったし、コレクションでもないからしまえなかった。

小さくして、ポケットにでも入れておこう。森に捨てるのはダメだよな、人として。


まだ、陽《ひ》が高い。

俺がここに来る前は夕方だったのに、ここは昼くらい。

取り敢えず、歩き出すことにした。ここにいたって、絶対に誰も来ないだろうし。

「異世界ってやつなら……おっかない獣とかいるのかね？」

おそるおそる歩き出して、少しすると水の音らしきものが聞こえた。

川があるのかもしれない。川沿いに歩ければ、人里に出られるかも！

走り出そうとした方向に、なにか、いる。

「……これ、ヤバイやつでは……」
大きくはないが、狼《おおかみ》みたいな……いや、やけに足が短い……でも角とかあるし！
絶対に、地球上で見たことのない生き物だし！
俺の方を向いて唸《うな》っているのは、威嚇だろうか？
目を逸《そ》らしたら飛びかかられそうだ。
でも、逃げないと……視線を外さずに、じりじりと後ろに下がる。
やつの身体が、ぐっ、と沈んだ。こっちに飛びかかってくる気だ！
やつが地面を蹴ったと思った途端に、体勢を低くして斜め前に走り出した。
そしてそのまま、振り向かずにダッシュ！
一目散に走る。周りなんか見られない。後ろを振り返ることもできない。
大きな岩がある横を抜けて、身を隠そうと回り込んだその時。
岩の横のぬかるんだ土に足を取られ、そのまま転んで……滑り落ちてしまった。

「と、止まった……」
木の根に引っかかって、なんとか止まった。
後ろ向きに滑ったからか、擦り傷程度しか怪我はしていないみたいで良かった……
大して高さもなかったようだ。
やつは、追いついてきていなかったみたいで助かった。
なんとか、歩けそうな場所はないかとあたりを見てみる。

……屋根のようなものが下にある。

「家……？　いや、狩猟小屋みたいなものか？」

なんにしても助かった！

取り敢えずあそこに行って……みて、人がいたら……その方が危険だったりしないか？

このまま接触して大丈夫なのか、異世界人って？

○

小屋の扉には、外から日本では見たこともない鍵で施錠されていた。

外から鍵がかかっているってことは、中には誰もいないな……と、安心した。

昔の錠前って感じの物々しい鍵だったが、扉を少し引いたらぼろっと落ちた。

どうやら、古くて腐食していたみたいだ。

扉自体もギシギシいってるし、随分放置されていたのだろう。

中に入るとテーブルと椅子があり、観音扉の付いた棚があった。

テーブルの上と座る場所だけ拭いて、綺麗にする。

汚れた服を着替え、リュックを取り出す。

「リュックとかトートバッグとかあって助かった……」

そしてなんと、鞄《かばん》のカテゴリーの中に非常用袋をみつけた。

「そっか、リュックの中に全部入っているから、鞄に分類されていたのか」

助かったー。薬や、ライターなんかも入ってる。

じゃあ、鞄の中に入れれば、この汚れた服とかもしまえるのでは……？

しまえたー！　鞄カテゴリー便利だー！


擦り傷の消毒をして薬を塗っておけば取り敢えず安心。

少し落ち着いたところで、今持っている物を全て確認する。

鞄の中も全部だ。いつも持ち歩いていた鞄の中には、仕事道具の書道のテキストやら見本。

あ、のど飴《あめ》発見……財布やスマホは……ない。

「あー……机の上に置いたんだった」

まぁ、あったところでここが異世界なら、なんの役にもたたないけどね。


そしてコレクションの中に『本』があり、全ての本と辞書が入っていた。

これは、もの凄《すご》く嬉しかった。

世の中の電子化が進み、電子書籍が当たり前。

それでも、紙の本に拘《こだわ》っていた俺の勝利と言えよう。

手書きが減り、何でもかんでも電子の筆で事足りる。

誰でも綺麗に書けて、大きさも色も自在に変化させられる電子文字は確かに便利だ。

でも、だからこそ、手で書くということに拘りたかった。

横に辞書を置き、紙にペンで単語をひとつずつ書いていくのはとても楽しかった。

自分でもうっとりする字が書ける時も、丸めて捨てたくなるような時もある。

その全部が、自分のその時々の記録だった。


ノートを取り出し、お気に入りの万年筆で文字を書いてみよう。

今の俺の字は、どんなだろう。

「……何を……書くか」

今、一番書きたい文字はなんだろう……


『K軒　しゅーまい弁当』


なんて未練がましいんだ、俺。

でも大好物なんだ。週に一度のお楽しみだったんだ。

焼売《しゅうまい》も旨《うま》いが、筍《たけのこ》の煮たやつなんて最高なんだ……！

味と形を心に思い描きながら、その愛する弁当の名前を書く。

「好きな物の名前って、綺麗な字で書けるよな……」

自分の書いた字に満足して眺めていたら……目の前に弁当が現れた。

なんで……？　何が起きた？

間違いなく、俺の愛するK軒の弁当だ。

掛け紙も紐《ひも》も、おしぼりと割り箸も入ってる。
勿論、中身もちゃんと入っているし……旨い。あ、食べちゃった……思わず。
全部、間違いなく俺の知っている弁当そのものだった。
なんで出てきたんだ？　さっき書いた文字と関係があるのか？
紙の文字を見ると、色が抜けて薄いグレーに変わっていた。

それから俺は書きまくった。勿論、弁当を完食してからだ。
沢山出してもストックしておけて、すぐに確認できるもの……ポテチだ。
名前だけ、メーカー名と名前、カテゴリーのみなど、いろいろ書いて試す。
色を変えたり、万年筆以外で書いてみたりもした。
そして、だいたいの出現条件を把握した。

〝ポテトチップス〟のみ　↓　想像したものと同じ味のものが出る。
〝正しい商品名〟　↓　別の味を想像していても書いた味のものが出る。
〝メーカー名と正しい商品名〟　↓　確実にその商品が出る。

色やペンの種類は関係なかったが、ローマ字にしたら何も出なかった。
日本の製品で、日本語の商品名だからだろう。
英語で『Potato Chips』と書くと、袋にも入っていないものが出た。

おそらく『商品』ではなく、料理としてのポテトチップスが出たのだろう。

そして、字を丁寧に綺麗に書いた方が、そうでない時より品質が高いものが出た。

殴り書きでも、正確な商品名であれば出るには出る。

だが、味や食感があまり良くなかったのだ。

「これは……もっといろいろな検証が必要だな……！」

しかし、これで食糧不足問題は、解決したのでは？

○

名前を書くと、それが実際に現れる……なんて、魔法みたいだ。

「……魔法なのかもな、本当に」

よく解らないが、そういうことにしとこう。異世界だし。

勿論、食べ物以外も出すことができた。だけど、知らない物は出なかった。

正確な商品名が書ければ、知らなくても出るには出る。

だが、形は正しくても凄く小さいとか、固くて食べられないものだったりした。

「俺自身が、一度も触れたことのないものや、食べたことのないものはダメなのか」

コレクションの中にあった食品図鑑や、通販の商品カタログで試した結果だ。

形だけでなく大きさや手触り、味とかが解っていないとダメということらしい。

生き物は……出るのか？　試すにしても変なモノは出せないな……

この世界にいないものだったら、生態系がおかしくなってしまうかもしれない。
川で泳いでいる姿を想像しながら『鮎《あゆ》』と書いた。
……出なかった。
いや、正確には『生きたまま』は出なかった。
「そういえば、魚屋とかでしか見たことなかった……」
でも、ほ乳類は試すには危険過ぎるし、虫も……まずいな。
生物はやめておこう。取り敢えず、鮎は焼いて食おう。もったいない。
この、文字が現実になるというのは物品だけか？
現象や状態の変化もできるのか？
試しに『火』と書く。

ぼっ

小さい、字の大きさほどの火が出て、消えた。
文字が燃えて、なくなったからだろう。
油性ペンで『水』と書く。
水に濡《ぬ》れても、字が消えないので水も消えない。
その水に、『消えろ』と書いた紙を浮かべる。
……消えない。消えたのは紙だ。文章にしてみる。

『この紙に触れた水は消えろ』
その紙を入れると、水が消えた。消えた水が、どこに行ったのかは解らない。
ゴミを消せればと思ったけど、別の場所に移動するだけかもしれない。
だとしたら、ポイ捨てと変わらない。
「無害なものに分解して消す……ってのは、できるのかな？」
ポテチの空き袋に『生物に無害なものに分解してから消えろ』と書いてみた。
さっきと消え方が違う。
水は文字を書いた紙に触れた途端に、さっと全てなくなった。
ゴミは霧のように分解されて……消えた。
これなら他の場所に行っただけとしても、無害だから……許してもらえるかな。
「でも、これ……使い方を間違えると、とんでもないことになるな」
文字を書けば、それがなんでも現実になる。
俺の持っている色々な種類の筆記具を使えば、大抵のものに書ける。
「もしかして……生きているものに『死』って書いて殺したりも、できちゃうのか？」
生きているものの状態を変えられるかどうかは解らない。
試すことも……あ、いや、試せるんじゃないのか？
壊したり、消したり、殺したりしなくても……治すことができるのでは？
俺は擦り傷に『この紙に触れた傷は治れ』と書いて傷口に触れてみる。
そっと紙を離すと……擦り傷は完全に治っていた。

○

それにしても……文字で全てが解決するなんて、思ってもみなかった。

文字が、こんなに無敵だったとは。

とんでもない万能感。

……使い方さえ間違えなければ、だ。

もしかしたら飛んだりできるのでは？　と思ったが、見たこともやったこともないことはできないようだ。

多分『理屈を知っていること』が前提なのかも。

確かに、人が飛んでるところなんて見たことはないし、そうできる理屈も解んないよね。

きっと『経験則に基づく』なのかもしれない。でも、今はそんなこと、できなくてもいい。

「俺、ここで生きていけるかもしれない……」

食べ物も水もある。出せる。医療品も、雑貨も、ありとあらゆる生活用品も。

そして、ゴミも始末できる。火もおこせて、灯《あか》りも確保できる。

……問題は住む場所と、この世界の人間達との共存ができるか、だ。

「この小屋があるってことは、これが作れる人間がいるってことだ」

テーブルも椅子も身長百七十四センチの俺が座って、ちょうどいいサイズだ。

この世界の人間の大きさも、こんなものなんだろう。

この棚には、何が入っているんだろう？

上の扉から開けていく。いくつかの瓶と、食器……だろうか。

瓶の硝子《がらす》は不透明で、日本のものよりは不純物が多そうだ。気泡も入っている。

コルクみたいなもので栓がしてあるものが多い。

いくつかは、なめし革のようなものを紐でまいて蓋にしているものもある。

ラベルは付いていないので、何かは解らない。

「流石《さすが》に開けるのは怖いな……」

中に虫とか湧いていたら、泣いちゃうかもしれない……

それに、棚の上も埃《ほこり》やカビまみれだし、触りたくないよな。

「そうだ、ちょっと試してみよう」

紙に『室内浄化消毒』と書き、床に落とした。

「おおおー！　きれいになったぞ！」

埃や汚れがさっぱりとなくなり、戸棚の中まで綺麗になった。

でも、瓶には触らなかったけどね。だって、虫がいたら嫌だし！

下の方の扉を開けると、殆どの棚は空っぽだったが何か落ちている。

「これ……羊皮紙かな？　文字らしきものがびっしり書いてある……！」

カリグラフィーは当時貴重だった羊皮紙に、なるべく多くの情報を書き込むために生まれた。

文字が小さくても、密集させてもちゃんと読めるように美しく書く技術。

それが、カリグラフィーの真骨頂だ。羊皮紙を見て、テンションが上がらないわけがない！

「全然、見たことのない文字だな……」

俺の知っている地球上にある、どの文字とも似ていない。

……強いて言えば、フェニキア文字にルーン文字を合わせたみたいな字だ。

読みたいなぁ……なんて書いてあるんだろう。

「……読めるんじゃないか？」

ひとつ、思いついた。

『この紙を持つ者は全ての言語の翻訳ができる』

そう書いて、その紙を握り締めながら羊皮紙を見てみる。

「読める！　単語が、日本語に訳されてる！」

◯

読める……のはいいんだが、所々空白のままになっている。

日本語にない単語が、含まれているのだろうか？

「この世界独自のものなんだろうな……地名とか？」

日本語にない発音で、表記できないのかも。

この羊皮紙の原文を写し、その下の行に訳文を書いていく。

どうやら、道案内が書かれている。それと、薬を欲しがっているようだ。

「手紙みたいだな」

単語の並びが、日本語の文章に似ている。そのせいか随分解りやすい。

一文字ずつ書き出していって、文字数を調べると三十二種類の文字があった。

アルファベットより多いが、五十音よりは少ない。

単語は、日本語の訳より多い文字数のものもあれば、少ないものもある。

「そっか、ふたつの文字をくっつけて書くことで別の音の文字になっているのか」

日本語の濁音とか、半濁音みたいなものかもしれない。

とすると、表音文字なのかな？

あああー文字って楽しいなぁ！

「おいっ！　ここで何をしている！」

突然聞こえた怒鳴り声に、心臓が飛び出すほど驚いた。

……言葉がわかる……？　あ、翻訳の紙を持っているからか！

「す、すみません……森で迷っていたら、獣に襲われそうになって……逃げ回ってやっと、ここに着いたんです」

嘘《うそ》は言っていない。ちょっと、説明をしていないことがあるだけだ。

さっき実験で出したものなんかを、片付けておいてよかった……

絶対怪しいもんな、ポテチ山盛りの部屋にいるやつなんて。

「なんだ、迷い人か。この森は素人が入ると危険なんだぞ！」

「全然知らなくて、迷い込んじゃったんですよ……ここがどこかも解《わか》らなくて……」

「どっから来たんだ？」

「多分……知らないと思うんですけど……日本って所なんですけど……」

「うん、知らねぇな」

ですよねー。

「帰り道、解らねぇのか？」

「はい……どうしたものかと、途方に暮れていました」

しまった。帰るなんてこと、考えていなかった。コレクションが手元にあった時点で、あちらに未練がなくなってるとか薄情だなー、俺。

「うーん、家族が心配してんじゃねぇのか？」

「いいえ、家族は……もういないんで……故郷には親戚も誰も……」

「……そっか、悪《わり》いこと聞いちまったか……」

いい人だな、この人。

「いいえ、大丈夫ですよ！　あ、俺、タクトといいます。ここって、あなたの小屋なんですか？」

「タクトか。儂《わし》はガイハックだ。ここは町で管理していた、昔の狩猟小屋だ」

ガイハックさんは、いかにも猟師って感じだけど猟に来たのかな？

「実はすぐそこでこいつを仕留めたんだが、ちょっとしくじっちまってよ」

……俺に飛びかかってきたあの獣だ。仕留めたのか。凄《すご》い……

左腕と頬《ほお》に、引っかかれたような傷があった。

怪我《けが》をしてしまって、ここで手当てしようとしていたようだ。

怪我……か。勝手に小屋を使わせてもらっちゃったし……

「あの……どの程度か見てもいいですか？　あんまり酷《ひど》くなければ、治せるかも……」

「おまえ、【回復魔法】が使えるのか！」

あ、やっぱあったよ、魔法。

「いえ【回復魔法】っていうのとは、ちょっと違うんですけど……やってみますね」

『この紙に触れた人の傷を完治』

小さな紙にそう書いて、ガイハックさんの傷口に当ててみた。頬、そして左腕もなんとか治った。

良かった、あんまり深くなかったみたいだ。

「どうですか？　まだ痛みますか？」

「いや……凄い。こんなに早く、完璧に治る魔法なんて、初めて見たぞ？」

げ。普通じゃないのか、これ……

◯

「普通の【回復魔法】じゃねぇのは確かだが……なんだ？　この欠片《かけら》……」

そうか、こういう紙はこの世界にはないのか。

「これは俺の故郷のもので、こちらにはないですかね？」

「ねぇな……見たことねぇ」

「これに文字を書いて、治せるんですよ」

……取り敢えず、これで治すことができるってことだけにしておこう。

物品が出せるとか、マズイ気がするし。

「そうか！　【付与魔法】か！」

知らない言葉が出てきたぞ？

「付与……魔法？」

「物に呪文《じゅぶん》を書いて、魔力を発動させる魔法のことだ。知らねぇのか？」

「そう、言うんですか、この魔法……」

「成人の時に神官に教わらなかったか？　おまえ、成人……してないか」

「成人ですよ！　でも、故郷では、そういう言い方していなかったので……」

二十八歳は、充分成人だよな？　この世界の成人が、三十歳とかってことはないよな？

あ、俺が童顔なせいか？　東洋人は童顔に見えるっていうしなー。

ガイハックさんは欧米人っぽい顔だし、見慣れていないのかも。

「おまえの故郷では……皆が、こんな魔法使えるのか？」

「いえ、そういうわけではなかったと思いますが……俺はずっとひとりだったから、知らないだけかもしれませんけど」

「あ、ああ、そうか……うん、そうだったな」

しまった、また空気を重くしてしまった。

こちらでは家族っていうのは、俺が考えている以上に重要なことなのかもしれん。

「俺、本当にものを知らなくて……世間に疎《うと》いっていうか、全然解らないことだらけで」

愛想笑いをしてみるが、ガイハックさんのしんみりした顔はあまり変わらない。

「……帰る所は、あるのか？」

あ……『帰る所』……ひとりだったし、確かにもう誰も家族はいない。

でも、俺はあの世界が嫌いじゃなかった。

書道教室の子供達《たち》のことも、カルチャースクールに来るおばさん達も。

「帰る……所は……ない、です。もう……」

本当にもう、帰れないのかもしれない。やばい、なんか今更、涙が出て……

「そっか、うん……頑張ったな、もう、大丈夫だぞ」

頭をポンポンと優しく叩《たた》かれ、なでられた。

ガイハックさん、絶対に俺のこと子供だと思ってるよ。

でも、なんかキモチイイから子供のふりしとこう。


「タクト、今日はうちに来い。泊めてやる」

「でも……」

「断ってても連れていくからな。うちは食堂もやってるし、空いてる部屋もある」

「……いいんですか？」

「ああ！　ここにいられて、明日死体を運び出すよりよっぽどいい」

え……？

ここってそんなにヤバイの？

「今の時期くらいから夜になるとこいつや、もっとデカイやつがこの辺をウロウロするんだぞ。人がいたら、確実に襲ってくる」

「ありがとうございます。お世話になります」

ソッコーで甘えることに決定。ガイハックさんがいい人で良かった……！

ガイハックさんと一緒に、小屋を出て町に向かった。

小屋の近くも、道らしい道はない。周辺から白っぽい木々がなくなった。

開けた場所に、腰ぐらいの高さの葦《あし》のようなものが生えてる所を抜ける。

こんな足下が見えない所なんて、俺ひとりなら絶対に通らなかっただろうな。

地面のぬかるみがなくなって、土が硬くなってきた頃、ようやく細い道に出た。

「この道を左に行くと、シュリィイーレの町だ」

シュリィイーレ……難しい発音だな。

こっそり持って来てしまった、さっきの羊皮紙を見てみる。

空白だった単語の一部が埋まった。やっぱり、地名だったんだ。

俺が聞いて音を確認したから、日本語の一番近い音に変換したのか。


暫《しばら》く歩くと、町の外壁が見えてきた。

外壁は石造りで堅牢《けんろう》そうだ……不審者を入れないためかな。

俺、結構不審だけど、大丈夫なんだろうか……？

「魔獣が時々この近くまで来るから警戒しているだけだ、心配はいらねぇよ」

ガイハックさん、結構鋭いよな……俺、表情に出ていたのか。

「町とか初めてなんで……緊張しますね」

「いい町だぜ。工芸や鍛冶が盛んで、職人が多い。さっきの森や反対側の森でも、いい素材が取れるからな」

へぇ……どんな物を作っているんだろう。職人の町なら、いろいろあって面白そうだ。

門番に名前を言い、少し話をして身分証など持っていないことを告げる。

「ガイハックと一緒なら問題ねーよ。ようこそ、シュリィイーレへ！」

この人もいい人だ……！

そして、ガイハックさん、マジでありがとう！


予想していたよりずっと、大きくて活気のある町だった。

石造りの家々はだいたい二階建てで、町中の道は石畳だ。

露店も出ていて、手軽な食べ物か生活雑貨らしきものを売っている。

「あの……俺、全然金とか持っていないんですけど……大丈夫ですかね？」

「だから、心配すんなっつったろ？　俺がいるんだから！」

なにからなにまで、本当にすみません……このご恩はいつか必ず！

「おまえは命の恩人だからよ」

そんなたいそうな傷を治した訳じゃないのに……義理堅過ぎるぜ、ガイハックさん。


食堂に着くと、お客さんがかなり入っていた。

いいのかな、ガイハックさんは仕留めた獣を持ったままだけど……衛生的に……

「おい！　みんな、角狼《つのおおかみ》が出始めた！　白森《しろもり》に行く時は必ず対策していけよ！」

ガイハックさんはその獣を高々と掲げ、客に見せる。

おおー！


応答……と拍手。仕留めたガイハックさんへの賛辞だろう。

そうか、危険な獣が出たから注意喚起か……対策がいるほど……危険なやつだったとは。

逃げられて本当に良かった……！


その後、裏に回って自宅の方に案内された。

店の裏に居住用の住宅があって、裏庭があるみたいだ。

何軒かの家の裏口もその庭と接している。

「俺はこれを猟師組合に届けて自警団に寄ってくる。おまえは店でなんか食ってろ」

「で……」

「おっと！　遠慮はナシだ！　いいな、ちゃんと食えよ！」

でも……と言いかけて、遮られてしまった。

はい、お言葉に甘えてご馳走《ちそう》になります。


ガイハックさんが奥に声をかけると、ひょこっと顔を出したのはこの食堂の女将《おかみ》さんでガイハックさんの奥さんだというミアレッラさんだ。なんか、ふわっとした感じで優しげな人だな。

食堂の中、全然暗くないんだな……あんまり窓も大きくないのに。

石造りの家って、勝手に天井が低いイメージがあったけど相当高いぞ。圧迫感が全然ないな、と見上げていたらミアレッラさんが食事を運んできてくれた。

「ゆっくり、お食べ」

にっこりと笑顔でそう言われほっとして、ありがとうございます、とスプーンを持つ。おお、木製だ。フォークも木でできている二股タイプ。ナイフは……ないのか。

あ……クリームスープだぁ……おいしー……お肉うまー。

ガイハックとミアレッラ

「ミアレッラ、さっきのやつ、タクト、ちゃんと食ってるか？」

「ああ、食べてるわよ。どうしたのよ、あの子？」

「白森近くの昔の小屋があったろ？　あそこにいたんだ」

「ええ？　あの近くに角狼の巣ができたからって、何年か前に使わなくなっていたじゃないか！」

「さっきの角狼も、あの近くで仕留めたんだがよ」

「なんだって、そんな危ない所に……」

「一ヶ月くらい前に、白森の奥の山が崩れただろう？」

「そんなこともあったねぇ……小さな村が巻き込まれて全滅……あ……！」

「うん、あいつは、そこの生き残りじゃねーかと思うんだ」

「じゃあ、生き延びてあの小屋で暮らしていたって？」

「何年も行ってなかったのに、部屋の中が綺麗《きれい》だったんだ……」

「でも……どうやって一ヶ月も暮らしていたんだろう……」

「川魚を焼いたような匂いがしていた。今の季節なら、まだ森にも食えるものはある」

「そうかい……ひとりで、よく病気も怪我もせずに生きていられたねぇ……」

「あいつは【付与魔法】が使える。しかも回復系だ」

「そ、そんな希少な魔法師なのかい？　あの子が！」

「ああ、絶対に言うなよ！」

「解ってるよ！　冒険者なんかに狙われたら大変だ」

「かなり凄腕だぜ。ほら、この腕、見て見ろよ」

「ちょっと、あんた！　服が裂けて血が……！」

「よく見ろって！　傷なんかないだろ」

「本当だわ……でも角狼にやられたんなら、早く解毒しないと！」

「大丈夫だよ」

「弱毒でも放っておいたら、左腕が動かなくなっちまうよ！」

「毒も消えているんだ」

「……え？　【回復魔法】で毒は消えないじゃない？」

「消えてたんだよ。さっきガンゼールの親父《おやじ》さんに診てもらったら毒はなかった」

「そんな【回復魔法】の付与があるのかい……」

「初めてだよ、こんなのは。俺は聞いたこともない」

「とんでもない魔力を持っているんじゃないのかい？」

「だろうな……顔にも怪我したんだが、全部治してくれたんだよ」

「顔に毒なんて……少し遅かったら、死んでいたかもしれないじゃない！」

「きっと、あいつの故郷の魔法なんだろう」

「……もうなくなっちまった村の……あの子、家族も全部亡くしたんだよねぇ？」

「ああ、あいつ自分では成人してるって言い張りやがったけど、絶対にまだ子供だぜ」

「あたしもそう思うよ。どう見たって二十五歳以上になんて、見えないからね」

「だよなぁ……」

「きっと、虚勢を張っていたんだろうねぇ……ひとりでも生きていけるって」

「しばらく置いてやりたいんだが……いいよな？」

「当たり前じゃないか！　あんたの命の恩人を、放り出したりするもんかね！」

「やっぱり、おまえは最高だぜ、ミアレッラ」

◇◆◇

翌朝、俺は清々《すがすが》しい目覚めを迎えた。

森に放り出され、途方に暮れていた昨日《きのう》。小屋を見つけ、なんとか野宿は免れたと安心した。発見した能力とその使い方が解って、生きていくことができるかもと思った。

しかし、まさか町の中で、しかもふわふわのベッドで朝が迎えられるなんて。

神様、ガイハック様、ありがとうございます……！

てか、神様は俺を森に落としたくらいだから、感謝しなくてもいいんじゃね？

ミアレッラさんのご飯も美味《おい》しかった。

実は味は素材を生かしたというか、もっとシンプルなものかと思ってたのだ。でもハーブとか香辛料とか沢山使ってて、もの凄く美味しかった。イタリア料理みたいでもあるし、トルコ風でもあるかも。勝手に中世レベルの料理に違いないとか疑って、申し訳ありませんでした。これなら俺が日本の調味料を出して使っても、怪しまれないに違いない。


「朝食も美味しい……！」

「沢山食べな。おかわりするかい？」

「はい！　凄く美味しいですね。なんの煮込みなんですか？」

「ありきたりな豆と鶏肉《とりにく》だよ、大袈裟《おおげさ》だねぇ」

そう言いながらも、凄い笑顔で大盛りによそってくれた。

ミアレッラさん、本当に料理上手だなぁ。

「今度、俺にも料理を教えてもらえますか？」

「そりゃあ構わないけど、ここにいる間はそんな心配しなくていいんだよ？」

「料理するの、結構好きなんですよ。ずっと作っていたし……」

あれ……ミアレッラさんが、可哀想《かわいそう》な子を見るような目をしている。

そんなに俺、料理とかできなそうに見えるのかな？

まぁ……不器用ではあるけど、そこそこは、できるんだからな。

「タクト、食い終わったら町の中を案内してやるから」

「はい！　ガイハックさん、すぐ行きます！」

やった！　歩き回ろうとは思っていたけど、案内してくれるなら心強い。

この世界で押さえておくべき常識も知っておかないと、だしな！


ガイハックさんに案内してもらって、色々な商店を見て回った。

いろいろ買ってくれようとするので断るのが大変で……

……殆《ほとん》ど、買ってもらってしまった。

服とか靴とかは、今の格好がこの町で浮きまくりだったから、ありがたかった。

ガイハックさん達は、凄く世話好きなんだなぁ。

俺、本当にちゃんと恩返ししよう。

「次は役所だな。在籍登録をすれば、身分証を出してもらえる」

「それは助かります……本当に何も持ってなかったので」

身分証明は大事だよね。信用されるためには、特に。

「あ……でも俺、こっちの文字は書けないんですけど……」

「ん？　おまえの故郷と、字が違うのか？」

「はい、全然違うんです」

ガイハックさんは、うーん……と唸《うな》って天を見上げたがすぐに笑顔になった。

「まぁ、何とかなる！」

……なると、いいな……

◯

「ここが役所だ」

思ったより、こぢんまりした建物だ。でも、壁の石が他の建物と違ってつるつるだ。高級素材を使っている、ということなのかな？　技術が高い建築なのかも。

中は……なんか、役所っていうより、銀行か郵便局みたいだ。

椅子が置いてあって、順番待ちをしている人がいる横を通り抜けていく。

奥の方のカウンターは……なんか、作りが全然違うな。

こんな風に、ひとつひとつ区切られたカウンター……どっかで見た……

あ！　ひとりひとりで食べるラーメン屋さんに、こんな感じの所があった！

店員さんの顔も見えないんだよな。

「あー、こっちだ、こっち」

ガイハックさんがそっちに向かって歩き出した。

「書類を全部自分で書けりゃあ必要ねぇんだが、字が書けないやつはこっちで視《み》てもらうんだよ」

「……？　何を？」

「おまえ自身の『魔法鑑定』をしてもらうんだ」

……鑑定……？　ですと？

え、それって、ばれたくないことまで、全部解っちゃうやつですか？

ぶわっと汗が出てきた。

「解るのは名前と年齢と出身地、それと魔法の種類くらいだ」

「わりと、全部じゃないですか、それ……」

「いや、魔法の種類だけじゃ、実際どういうのが使えるかなんて解らねぇし、その他は身分証明には、絶対必要だろ？」

えええええー……確かにそうですけど……出身地が一番ヤバイのでは？

万一『異世界』とか出てしまったら、どーしたら？

しかし、鑑定は断れない……この町にいるなら必要なことだし。

そうだ！

「ちょっとだけ時間ありますか？」

「ん？　ああ、まだ順番が来るまで時間掛かるからな、ここらで待ってろ」

よかった！

俺は手で隠しながら小さめの付箋《ふせん》紙とペンを取り出し、こそこそと書いていく。

鑑定の妨害はダメだ。再鑑定なんてことになったら、もっと面倒だ。

目くらましになるように。疑われないような鑑定結果を出さないといけない……

『この紙を持つ者はいかなる鑑定魔法でも
【名前タクト　出身地ニッポン　年齢28　魔法の種類　付与魔法】
と表示される』
よし、これを持っていれば誤魔化《ごまか》せるかも！
書いた付箋紙は、首から提げているお守り袋に入れる。
ここには、自動翻訳の紙も一緒に入っている。
ガイハックさんが、次だからこっちに来いと手招きしてくれて、慌てて側に行く。
俺の文字が役人の魔法に通用するか解らないが、上手《うま》くいってくれ……！

個別カウンターのひとつに入ると、相手の手だけが見える。

顔を合わせないのは、プライバシーの保護とか？　まぁ、助かるけど。

「では、鑑定します。両手をこの板に乗せてください」

手を乗せると石板が細かく振動して、少しだけ光った。

「はい、終わりました。今から鑑定結果を写した身分証を作りますから、そのままでいてください」

待合室に戻りたい！　ひとりでここにいるの、プレッシャー！

異世界の物をポコポコ出せるとか、異世界人とかばれたらどーしよーっ！

は、迫害されちゃったり？　いや、もしかしたら追放とか投獄とか……！

どんどんネガティブになっていく自分の思考に、歯止めがきかない。

プレッシャーに弱過ぎだろ、俺！

「お待たせー。はい、これが君の身分証ね」

と、通った……！　やったーーー！　大学の合格発表よりドキドキしたー！

受付のお姉さん（多分）から、手のひらサイズより少し大きめの金属プレートが提示された。

「読めないと思うから、読み上げるね。大丈夫よ、音を遮断する魔法で、周りには聞こえないから」

そっか、読み上げてくれるから個別ブースなのか。

本当は読めるけどね、翻訳できるから。でも内緒。

名前、出身地、魔法の種類は、さっき紙に書いた通りだった。

「え？　二十三歳？　いや、俺は……」

「誤魔化してもダメよー。ちゃんと鑑定されているんだから！」

……もしかして、小さい紙に詰めて書いたせいで誤読された？　魔法に、誤読とかあるのか？

ご、五年も、さば読んでしまったことになるのか……

しかも自分の書いた文字が、たとえ魔法とはいえ誤読されてしまうなんて……！

正確に相手に伝えるための文字が書けていなかったなんて、めっちゃ凹《へこ》む。

カリグラファー失格だ……

「魔力量は二千三百もあったよ！　凄く多いよ！　この年だと珍しいよ！」

……魔力量……とかも出るのか。そっか、指定した以外の項目は、素直に出ちゃったのか。

「しかも【付与魔法】なんて、この町では引っ張りだこになるね」

「そう……なんですか？」

「そうよー。この町では武器とか生活用品とか作っているから、魔法付与ができる人は絶対必要だもの」

そういうものに、魔法を付けるのか……

あ、そうか、ランプの火がずっと一定なのが、凄いと思っていたんだよな。

あれは【付与魔法】で、一定の炎が燃え続けるようにしているのかも。

なるほど、面白いことが知れたぞ！

「ここに書かれていることは以上よ。解らないことある？」

「いえ、大丈夫です」

「じゃあ、もう一度この板に触れて」

「はい……」

さっきの石板のように手を乗せるとまた少し光って、プレートが小さくなった。

手のひらサイズだったのに、今ではドッグタグぐらいのサイズだ。

「これが、身分証になるんですか？」

「そうよー。君の魔力で大きくもできるから。いつもはこの大きさで、必ず身につけておいてね」

「はい、できあがり」

「はい」

「できることが増えたりすると追記されるから、たまに確認してね」

へぇ……内容が自動更新されるのか。便利。

あ、だから生年月日じゃなくて、年齢表記でも平気なのか。

「身体を洗う時も、寝る時も離しちゃダメよ？　盗まれて、悪用されることもあるからね！」

き、気をつけます……

お守り袋もちゃんと強化して、破れたりしないように。濡《ぬ》れても平気なようにしよう。

○

もらった身分証には、表に名前だけ表記されている。

裏には、この身分証を発行した町の名前が記載されているのみだ。

「ほら、タクト、身分証はこれで、首から提げておけ」

ガイハックさんがくれたのは、身分証を入れることのできるケースで首から提げる鎖も付いている。

スライドさせて入れるらしい……ますます、ドッグタグになってしまった。

でも、なんかカッコイイ。え、こーゆーの好きだよね？

男は！　好きなんですよっ、こういうの！

「ありがとうございます……これなら、なくさないですね」

「他の町に行ったりすると、門の所で必ず見せるように言われるからよ」

「そうなんですか。でも、暫くここにいますし」

「巡回の衛兵からも言われたりすっから。すぐに取り出せるようにはしておけ」

……職務質問とかされないように、言動には注意しよう。

その後、ガイハックさんが連れて行ってくれたのは魔法師組合だった。

ここで魔法師として登録しておけば、仕事が受けられるらしい。

そうか、そのためにも身分証が必要だったんだな。

ガイハックさんが行き届き過ぎてて、俺はどれだけ恩を返せばいいか解らないぞ。

「……珍しいな、ガンゼールがここにいるなんて」

「ああ……依頼を出しに来たんだよ」

そうか、依頼したい時も仕事を探す時もここに来るのか。

……ハロワかな？　異世界版の。

「おや、ガイハック。珍しいことだな」

「久しぶりだな、ラドーレク。組合長が受付にいるなんて方が珍しいぜ」

「ははは、今はコーゼスくんが休憩中でね……ん？　その子は？」

また子供扱いだよ。くっそー、童顔が憎い。

「俺んちに住まわせてる子だ。魔法師だから、登録しておこうと思ってよ」

「いらっしゃい、登録は初めてかい？」

「はい」

「じゃあ、身分証を出してくれ」

さっきのドッグタグを取り出す。

「この上に置いて」

また石板だ。この世界では、石板が媒介でいろいろ鑑定できるのか？

それとも、鑑定魔法が付与されている石板なのか？

「ふむ……タクト……二十三歳か。ほぅ！　大した魔力だね」

うううっ、本当は二十八歳なのにーっ！　また、誤読ショックが甦《よみがえ》ってきた……

「おまえー、やっぱりまだ子供じゃねーか」

「そ、そんなことないですよ！」

ガイハックさんがどう思おうと、成人してるんだから……

「本人がなんて言っても、二十五歳で成人するまでは、子供なんだよ。こ・ど・もっ！」

……成人、二十五なの？　だとしても、本当はオトナなんですよ――っ！

「そうだねー。じゃあ、保護後見人はガイハックでいいんだね？」

「ああ、勿論《もちろん》だ」

「じゃあ、おまえの身分証も置いてくれ」

……まだ、保護者が必要な年齢だったとは……

「よし、登録できたよ。はい、身分証を返すね」


身分証の裏には【魔法師組合】【後見ガイハック】が追加されていた。

……絶対に、ガイハックさんに迷惑は掛けられない。マジで、ちゃんと生きねば。

そして、表の名前の下に【魔法師 三等位】と書かれている。

なんの魔法が使えるかは、明記されていない。

つまり、おおっぴらに公開するものじゃないってことか。

「名前の下の、これってなんですか？」

字は読めないことになってるからね。

「ああ『魔法師 三等位』のことかい？」

「三等位？」

「登録したてはそこからなんだよ。仕事をして、技術と魔法が認められていけば、上の階級になるから」

一番下っ端が、三等位ってことなんだな。

「まぁ、未成年だし、暫くは上がらないと思うけど頑張ってね」

未成年って言葉やっぱりキツイ――！

ガンゼールとラドーレク

「じゃあ、コーゼスくん頼むよ」

「はい、すみません、受付かわってもらっちゃって……」

「構わないさ、現場もたまには経験しないとね」


「おい、ラドーレク」

「依頼だろう？　ガンゼール。なら、コーゼスくんに……」

「違う。今の子供……えーと」

「タクトくんかい？」

「そうだ、タクト……っていうのか。魔力が多いのか？」

「うーん、そういうことは教えられないんだよねぇ。未成年だし」

「……【付与魔法】使えそうか？」

「だから、教えられないんだよ」

「ふん、否定しないってことは、使えるんだな？」

「なんだって君は、そう都合よく考えるのが得意なんだろうねぇ」

「いつもより、角狼が出る時期が早い」

「そのようだね。解毒系の魔法を使える者を、確保しておきたいところだが」

「毎年うちに来てくれる付与魔法師も、まだ来られる時期じゃない」

「もう患者が来ているのかい？」

「いや、まだだ。でもこれから増えるだろう？」

「そうだねぇ……まだ、冬に必要な素材を集める時期だ」

「早いとこ器具や部屋に毒が残らないように、防毒の付与をしてもらわないと間に合わない」

「それは仕方ないことだ」

「だから、あの子だ！　タクト！」

「……どうしてそうなるのか、全く解らないんだが？」

「昨日、ガイハックが左腕と頬を角狼にやられて、親父の所に来た」

「何を言っているんだい？　どちらにも、怪我などしていなかったじゃないか」

「あいつは『治してもらった』と言っていた」

「へぇ……【回復魔法】か？」

「おそらくな。そして、その日にあいつはタクトを連れてきた」

「……あの子に、【回復魔法】が使えるとは思えないんだが……」

「なるほど、適性には出ていなかったんだな？」

「思い込みが激し過ぎるよ、ガンゼール」

「『使えるとは思えない』……完全に『使えない』じゃないってことは、無属性魔法の使い手だ」

「……」

「無属性の魔法師で、魔法量が多いと言えば【付与魔法】……だろう？」

「……」

「解ったよ、自分で交渉するさ。全く、あんたは確かに組合長だね」

「無理強いはするな。子供に大き過ぎる責任を負わせたりするな」

「……しねぇよ」

「脅したりしたら、おまえの依頼は、今後一切受け付けないからな！」

「わかってるよ」

◇◆◇

その後、昨日街へ入ってきた門と反対方向の門の近くまで来た。

「ここら辺りは、碧《あお》の森からの素材を加工している職人の店が多いな」

西の森の素材は獣の皮とか、木材が中心だと言っていた。

碧の森はどうやら石とか金属だ。

町の北側、森の奥に見えるのは火山だろうか。採掘場とかあるのかも。

「武器とか、防具とかも作っているんですね」

白森側の露店などでは生活用品が多かったのだが、こちら側の店は随分雰囲気が違う。

「シュリィイーレの武具は、質が良い。衛兵隊にも納めてるくらいだからな」

「いい仕事をする職人さんが多いんですね」

「そう、そんで腕の良い付与魔法師をいつも探している」

そっか、俺が働く時のために、顔つなぎに連れてきてくれたんだ。

どんどん、ガイハックさんへのご恩返しメーターが上がっていくー！


いくつも工房を紹介してもらった。何人かの職人さん達とも話ができた。ガイハックさんって、本当に顔の広い人だな。しかも、みんなとっても好意的だ。ガイハックさんがいなかったら、きっとこんなに上手くはいかなかった。

「なにからなにまで……本当にありがとうございます」

いや、多分この町に来ることすらできず、あの小屋で獣に襲われて死んでただろう。

「ガイハックさんは、俺の命の恩人ですね……」

「……バカ言ってんじゃねーぞ。子供を護《まも》るなんて、当たり前のことなんだよ」

子供、か。

考えが甘くて、行き届かなくて、確かに俺は本当に子供なのかもしれないな。

魔法が使えるから、あのコレクションがあるから、俺は自分ひとりでどうにかなると思っていた。

ひとりでなんか、何もできない。俺の考え方は本当に浅はかだった。

あーっ！　自分がこんなに涙もろかったとは、我ながら呆《あき》れるぜ。

「昼飯にしよう！　こういう時は……そうだな、肉だ！　肉を食いに行くぞ！」

「はいっ！」

「よしっ！　子供はそれでいいんだ！」

……でもやっぱ、あんまり言われると……凹むっす。


ガイハックさんの家に戻った時には、もう陽《ひ》が傾いていた。

「すぐに夕食だからね」

「はい、ありがとうございます」

俺は貸してもらっている部屋に戻って『身体洗浄浄化』と書いた紙を、頭の上に置いた。

あちこち行って汗もかいたし、水で洗うよりこっちの方が早そうだし。

思った通りの効果だ。髪もさらさらになったし地肌さっぱり。

汗のべたつきも、埃《ほこり》っぽさもなくなった。

浄化って書いたから、ばい菌とかも消えてるだろう。

除菌とか滅菌にしちゃうと、表皮にいる常在菌まで取り除いちゃいそうだからね。

あ、でも念のため、手だけはちゃんと洗っとこう。

ん？　洗浄浄化が終わっても、文字が薄くなっていない。

そういえば、翻訳とかも何度も使えている。

「文字が薄くなって一回しか使えないのは……何かしらの物品が出るものだけ？」

火や水、食べ物が出たものは、文字が薄くなった。

でも、今、手元にある翻訳と鑑定の時のもの、そして洗浄浄化の文字は濃い色のままだ。状態の維持が、これひとつでできるということだ。

「この『身体洗浄浄化』も、お守りに入れておこう」

絶対便利だぞ、これ。

○

お夕食も美味しくいただきました。

ミアレッラさんに、お店の手伝いをしたいと言ったんだけど断られてしまった……。

夜に、子供を働かせちゃダメなんだって。

子供って……ううぅっ、本当に、誤読ショック甚だしい！　練習するぞ、練習！

「どうせ書くなら、検証しながら書こう」

試してみたいのは、紙以外のモノに書くこと、だ。

【付与魔法】は金属製のものや、木工製品に使われるのが当たり前だ。

むしろ、紙に書くなんて、全くないと言っていい。

「だとすると万年筆じゃ書けないから……油性マーカーで試すか」

金属板とベニヤ板を出して、それに書いていく。

銅、アルミ、鉄、ベニヤ……書くことはできる。

でも油で落ちてしまえば、すぐに使えなくなる。

他のペンだって、掠《かす》れたり文字が傷ついて欠けてしまうと効果がなくなった。

「……字を彫らないとダメなのかな？」

工房で見た何人かの付与魔法師は、文字を彫っていた。

ベニヤ板で試したが、全く発動しなかった。

「書く」ということでないと、俺の魔法は使えないということか。

文字の保護のための魔法を別に付与する……なんてやり方では、文字数が多過ぎだ。

そもそも、そんなに面積のあるものばかりじゃないし……

うー……ちょっと、詰まった感。


悩んでいた時にうっかりマーカーのキャップを閉め忘れて、思いっきり手に書いてしまった。

「やべっ！　でも洗浄浄化……あれ？　消えない……？」

俺は慌てて、お守りの中を確認した。

「……文字が薄くはなっていないし……あ！」

取り出した途端に、手に付いていたインクがなくなった。

なんでだ？　しまっていたって、翻訳なんかはちゃんとできてるのに。
何が違うんだ？
「……！　そうか、身体洗浄浄化は……紙が大きかったから、折って入れたんだ！」
その他のは付箋くらいのサイズに書いていたから、紙を折っていない。
でも浄化の方はハガキ大だ。中に文字が隠れるように、折って小さくして入れていた。
開いた途端に、効果が発揮されたんだ。
「紙を折らなければ……袋やポケットに入れてても効果がある。それじゃあ！」
鞄《かばん》に紙を入れ、コレクションの中にしまう。
手にマーカーで書いて……消えない。
うー、コレクションの中だとダメなのか？
いや、鞄の中だからか？
しかし、既に何か書いた紙は、コレクションの中に戻せなかったし……
「……書いた紙が、五枚以上あったら……？」
今持っている状態変化・維持系のものはみっつだ。
『自動翻訳』『鑑定偽装』『身体洗浄浄化』
あと、ふたつ……
何を書いていいか解らなかったので、普段から思っていることを書いた。
『視力回復』
視力は、眼鏡《めがね》が必要なほど悪いわけではない。多分、０・７くらいだ。

さほど良くもないから、1・2くらい見えたらすっきり見えるだろうと思っていた。
『体力増強』
体力は本当に自信がない……あ、でも、これすぐには解らないな。
まぁ、いいか。
五枚の紙を持って、コレクション画面に近づける。

しゅっ

やった！　入ったぞ！　うん、効果も持続している！
これで持ち歩いてても、落とす心配はなくなったぞ！
でも、どこに入ったんだろう……？
……コレクションの総ページが増えてる！
分母が『20』から『21』になってる！
一番最後に増えていたページは【文字魔法】……
文字……魔法？　【付与魔法】じゃなくね？

○

検証を繰り返す。

そして、工房の人達から聞いた【付与魔法】と比べてみる。


【付与魔法】

効果が発動するように物品に直接、魔力を込める。

文字で書くのは発動条件というより、込めた魔法が消えないようにする封印。

文字が消えたり欠けたりしても、すぐに魔力はなくならない。

魔力さえもう一度供給すれば、何度でも同じ効果が発揮される。

ものによってはその魔法の発動、効果維持のために使用者の魔力が必要。


【文字魔法】

書いた文字そのものに、魔力が宿っている。

文字で書かれた意味が、現象として発現・維持される。

文字が消えたり欠けたりすると、全く効果を発揮しない。

消えた部分だけ書き直しても、効果は格段に劣る。

使用者本人の魔力は、おそらく必要ない。


これは……求められている【付与魔法】とあまりに違うのでは？

付与魔法師ってこと自体が、詐称になるレベルの違いではないのか？

「つまり、俺が考えなければいけないことは……」

文字が消えないようにする方法。これが一番大事で、一番……難しい。

なにせ、付与したい物品に直接書けなければ【文字魔法】を書いた紙をずっと触れさせておくしかない。

書かれている文字が見えるように、でも消えないように……

大きさ制限もあるし、なにより美しい文字でなければ、より良い効果は得られない。

試しに、彫ったあとにペンで文字を書いてみた。

だが、字が汚いと判定されたのか、なんの役にもたたない程度の効果しかなかった。

……彫刻やレリーフで、美文字なんて無理。

だって俺、文字書きだもん……


こういう時は、心を落ち着けるために大好きな文字を書くに限る。

カリグラフィーは、最近練習していなかった。

久々にゴシッククアドラータとかで書いてみちゃうかなー。

「うーん、何にしようかなー」

書く単語を考えながら、空中でスペルを綴《つづ》る。

……空中に……文字が浮かんでいる？　インク漏れ？　いや、浮いてるし。

俺は手に触れていた金属板を、そっと近づけてみた。

銅板に、青いインクの文字がくっついた。

〝SILVER〟

そう、俺が空中で書いた単語。

俺が頭の中で組み立てていたゴシッククアドラータの書体で、銅板に文字が書かれてる。

そして、銅板が銀に変わっていた。

○

銀色になったんじゃない。材質が、銅から銀に変わったようだ。
いや、それよりも！
銀に変わった板には、インクと同じ色で文字が書かれたままだ。
こすっても、水を掛けても、消えないし滲《にじ》まない。
洗剤でも、アルコールでも落ちない。削ってみても削り取れなかった。
周りに傷が付いても、文字そのものは全く傷付いていない。
油性マーカーで黒く塗りつぶしても、時間が経《た》つと文字が浮き上がった。
この他の文字も同じ場所に書けるのか？
銀板の『SILVER』の隣に、なにか書いてみよう。
金属板に触れないように少し浮かせて万年筆を走らせる。
インクが、空中に文字を書く。
〝SWORD〟
文字が板に付着。
すうっ、とインクが金属に吸い込まれ……銀の板が小剣になった。

質量は変えられないのだろう。カッターくらいのサイズだ。

次はSWORDの文字の真上から〝BOARD〟と書いてみる。

「上書きされた……！」

SWORDの文字が消え、BOARDに書き換わった。

そして剣から板に戻った。

今度はその上から漢字で〝剣〟と書く。

さっきは西洋の両手剣、今回は日本刀みたいな形になった。

でも、柄《つか》や鍔《つば》などはなく、刃の部分だけだ。

同じ意味の言葉でも、文字が違うとできあがるものが違う。

「空中で書いた文字は、くっついた物の状態を変化させられるんだ」

試しに紙に空中文字を書いてみる。

〝SILVER〟……銀紙になった。折り紙の銀色の紙みたいな感じだ。

カタカナで書いても、何も変わらない。〝シルバー〟が、日本語ではないからだろう。

紙に直接書くとその物品が現れたのとは全く違う。

だが、紙が金属にはならなかった。元の素材と同系統の物にしかならないのだろう。

「【文字魔法】……いろいろでき過ぎだろ？　これ。もう、錬金術とかいう感じ？」

金属であれば〝GOLD〟と書けば、金になるだろう。石に〝DIAMOND〟と書いたら、ダイヤにもなるのだろう。絶対に悪用しちゃいけないやつだ。

それにしても……空中文字は【付与魔法】に近くないか？

マーカーとか鉛筆でも試したが、万年筆以外では空中文字は書けなかった。

勿論、指で書いてもダメだった。

「金属の方は無理だけど、紙の方なら破れるかな？」

空中文字で銀紙になったものを、文字が切れるように破ってみる。

普通の紙に戻った。

つまり、鉄を金にしても、それを溶かすと文字も溶けて鉄に戻る……のかな？

小さめの紙に『この紙に触れた金属は溶けろ』と書いて、銀の剣の文字の上に乗せる。

とろり、と金属が溶けて銀が銅に戻った。

〃剣〃の方は消えていないからか、溶けて離れた分が少なくなった小さな銅剣になった。

溶けた銅は、机の上でまだ液状のままだ。

溶けろと書いた紙を取り除くと、そのままの形で固まった。

やべぇ、理科の実験みたいな気分になってきた。

○

翌朝、俺はほぼ徹夜でふらふらだった。

【文字魔法】の検証実験を繰り返して、寝そびれてしまったのだ。

楽しくなっちゃって、止《や》められなかったんだけどね……

朝食を食べてる途中で、何度となく居眠りをしてしまった。

「タクト、昨夜《ゆうべ》ずっと起きていたでしょ？　何してたの？」

「えーと……魔法の……練習」

ミアレッラさんに、大きな溜息《ためいき》をつかれた。

「食べるより、眠る方が先ね。ほら、あとでまた食べればいいから」

でもー、立ち上がりたくなくてー……

「おいおい、なにやってんだ、タクト！」

ガイハックさんに、ひょいと抱き上げられた……本気の子供扱いーっ！

でも、眠くて抵抗できない……

「ずっと魔法使ってやがったな？　魔力切れ寸前じゃねーか」

魔力って……使い過ぎると、こんなに眠くなるのか……

そのままガイハックさんは、俺を脇にかかえるようにして部屋まで運んでくれた。

すみません……お手数おかけします……ガイハックさん、めっちゃ力持ちだなぁ。

ねむ……


起きました。

……どうやら、もう昼過ぎのようだ。

まだ少し身体が怠《だる》いのは、例の魔力切れってやつの影響かも。

『体力増強』じゃ、カバーできないんだな。

魔力がどういうものかよく解らないから、魔力の自動回復なんてできないだろう。

体力の完全回復……ってのも無理だろうなぁ……

そうだ『魔力切れ症状の軽減』っての書いておこう。

そしてもう少し、自重しよう……


食堂の方に降りるとミアレッラさんがお昼ご飯を出してくれた。

「朝は……すみませんでした」

「そうだよ、無理しちゃダメだからね。ちゃんと夜は寝て、身体を休める！　いいね？」

「はい、気をつけます」

硬めのパンだけど、香ばしくって美味しい。

今日はトマトのスープだ……沢山野菜も入ってて、腹にしみる……あ、肉。うまうま。

食べ終わった頃にちょっと渋い表情のガイハックさんに、上の部屋に来るように言われた。

……無理しちゃったからなぁ……お説教かなぁ。


ガイハックさんの部屋に入ると、机の上に見慣れない物があった。

「これは、音が周りに聞こえないようにする道具だ」

「他の人に聞かれない方が、いい話なんですか？」

「そうだな。おまえの魔法に関することだから」

……昨日の検証を見られていたのか？

「おまえの……【回復魔法】な……」

あ、違った。小屋で使った治療の魔法のことか。

「あれは……かなり、特別な魔法だ。おそらく【回復魔法】っていうのとは違うものだ。絶対に、他のやつに知られない方がいい」

そういえば、初めて見るタイプの魔法だって……

「普通じゃねぇってのは言ったと思うが、普通の【回復魔法】から説明するぞ」

「はい」

ガイハックさんの話で、普通の【回復魔法】とはかなり違うことが解った。

まず、傷はすぐには消えない。

五分以上魔法をかけ続けて、浅い傷がやっとふさがる程度らしい。

傷は治せても、毒を消すことはできない。

俺が治した時には、角狼の毒が完全に消えたらしい。あいつ、毒持ちだったのか……

そして、古傷は治せない。一度ふさがった傷の傷跡は、回復では消せないらしい。

だが、ガイハックさんの右の足にあった、昔の傷跡までなくなったという。

……あの時書いたのは……『傷を完治』だ。そうか、身体の傷跡全部に反応したのか。

「おまえの魔法は、効き過ぎる。医者でも治せないものが、治せるかもしれねぇ」

「それは、有効活用できるのでは……？」

「その力を使って瀕死《ひんし》のやつを助ければ、医者に行くよりおまえに治してもらおうとみんな思うだろう？」

うん、俺だってそういう人がいたらそうする。

「でもな、力も魔力も有限だ。全員を治せるとは限らねぇ」

……そうだ。途中で今日みたいに、魔力が切れて使えなくなったら……

「しかし、おまえに治してもらえなかったやつらは、おまえを恨むだろう」

「……」

「それに、どんな怪我をしても全部すぐに治せるとなりゃ、今まで慎重に行動していたやつでさえ、無茶《むちゃ》をするようになる」

その通りだ。危機感のボーダーラインが、下がってしまう。

「だが、そいつらが怪我をした時に、いつでもおまえが治せる場所にいることはできねぇ」

「そう……ですね」

「勘違いするなよ、絶対に使うなって言ってるんじゃねぇ。無闇に使うなって言ってるだけだ」

でも、使うことのリスクはもの凄く高いってことだ。

「それに……回復系の魔法が使えるやつは……狙われやすい」

「狙われる？　誰に、ですか？」

「冒険者って呼ばれているやつらに、だ」

冒険者……？

「冒険なんてもんが好きなやつらは、基本的に無茶をする。大怪我だって日常茶飯事だ」

そうだろうなぁ……まぁ、だからこそ慎重な人もいるんだろうけど。

「そいつらにとって、回復できる魔法師は喉から手が出るほど欲しい人材だ」

「そっか……怪我しても治せれば、またすぐに冒険に出られる」

「あいつら、良いやつもいるがだいたいが荒くれ者で、力尽くで相手に言うことをきかせるやつも多い」

……荒くれっていうか、それって『ならず者』ってジャンルでは……

「攫《さら》われて、無理矢理《むりやり》従わされてる魔法師もいるらしい」

「それ、逃げられないんですか？　他の町に行った時に、保護を求めるとか……」

「そういう魔法師は隷属契約させせられていたり、逆らえないように脅されていたりするようだ」

隷属契約なんてあるのか。

大き過ぎる力や、優れた能力は狙われやすい。

そして、もし知らずに隷属なんてさせられたら……

俺は、今までの人生では考えられない種類の恐怖を感じた。

○

「すまねぇ、脅かしちまったかな。でもよ、こういうことが起こることがあるって解ってて欲しいんだよ」

「はい、大丈夫です。俺、魔法の使い道が解って、少し浮かれてたのは事実ですし」

「おまえの魔法は、きっともの凄く役にたつだろう。多分、おまえの想像以上の効果を上げる」

「……大袈裟ですよ」

「そんなこたぁない。【回復魔法】にしろ、それ以外にしろ、おまえの魔法はおそらく全部強力だ」

……そうかもしれない。魔力量も珍しいくらい多いらしいし。

「おまえの魔法を求めて、遠方から来るやつだっているかもしれない」

「……」

「でも、その魔法を使うか使わないか決めるのは、おまえ自身だ」

「俺、自身……」

「そうだ、誰がなんと言おうと、どんな状況だろうと、たとえ大勢の命がかかっていようと、おまえ自身を犠牲にしてまで、その魔法を使わなくていいんだ」

「でも……大勢の命がかかっていたら……」

「いいや、おまえはまず、自分のことを考えろ。自分が幸福になることを、だ」

「……利己的に感じます」

「そうだな。傍目《はため》から見ればそうだろう。でもな、自分の幸福を考えられるのは自分だけなんだぞ」

「自分の幸福を優先しろってことですか？」

「そうだ。誰もおまえの幸福を優先してはくれない。おまえ自身の幸福は、おまえが護るべきたったひとつのものだ」

いいのかな……そんなんで。

「後ろめたいか？」

「少し」

「自分の幸福より、他人の幸福に価値があるというならそれでもいい。でも絶対違う」

「……」

「自分の幸福も他人の幸福も、同じ価値なんだ。自己犠牲なんて、全く意味がない」

自己犠牲……とても、美しい言葉なのかもしれない。けど、俺もこの言葉は嫌いだ。

その上に立って涙を流すやつらは、絶対に自分を犠牲にしないからだ。

そして感謝されたって、犠牲になった人は幸福にはならない。

「幸福の価値は同等……っていうのは、わかります」

「うん、それだけでも解りゃいい」

ガイハックさんは、強くて優しい。だから、そう言い切れるんだ。

俺は、そんなに強い心を持てるだろうか。

「まぁ……最終的に決断するのは、おまえ自身だ。どう生きるか、何を選ぶか、全部」

「はい」

「俺は、多分おまえがすることに反対したりもすると思う」

「……なるべくしないで欲しいですね」

「するさ。おまえが、自分を大事にしないような決断をしそうならな」

「はい……」

「いいか、自分が嫌なことはしなくていい。どうしてもしなきゃいけなくても、最後まで別の道を探すことを諦めるな」

「きつそう……」

「頑張れとは言わねぇ。ただ、責任が取れること以外は、絶対にするな」

「はい」

「責任ってのは、他人に対してだけじゃねーぞ？　自分自身の心に対しても、だ。自分を裏切るような真似《まね》だけは、しないでいろ」

ガイハックさんって、本当にお節介で、説教好きで……いい人だなぁ。

「お、おい、別に苛《いじ》めてるわけじゃねーし、怒ってるわけでもねぇからな？」

「解ってますよ、でも、人にこんなに心配してもらえるの、凄く久しぶりだから……」

「タクト……」

「ちょっと……いえ、結構、嬉《うれ》しいなって、思ってるだけです」

俺にとって一番大切なこと、大切にしたいことをもう一度考えよう。

それで、自分の行動を決めれば、きっと後悔しないだろう。

ガンゼールとガイハック

「おい、今日はいるんだろうな？　あの子は」

「……何の用だ、ガンゼール」

「昨日話したかったのに、おまえがなかなか連れて帰らないから、今日になっちまったんだよ」

「だから、何の用があるんだと聞いている」

「とにかく会わせろ！　タクト……だったか？　二階か？」

「ダメだ！　今は具合が悪くて寝てる」

「起こせよ！　急ぐんだ」

「タクトがおまえの言うことをきく必要なんかない！」

「あー、わかった、悪かったよ。そうムキになるなよ」

「……出て行け。会わせるつもりはないし、おまえの言うことを聞かせるつもりもない」

【付与魔法】が使えるんだろ？　うちの器具や、部屋の防毒付与を頼みたいんだよ」

「そんなこと、他の魔法師にやらせろ」

「できるやつがまだこの街に来ていないから、頼んでるんだ！」

「おまえの態度は、人に物を頼む態度じゃない。出て行けと言ってるんだぞ、俺は」

「これから、角狼にやられる患者が増えるんだぞ？」

「防毒付与なんて、おまえが部屋の清掃や器具の煮沸を横着したいだけじゃねぇか」

「ぐ……で、でも、やっておかないともし毒が散ったら……」

「それを綺麗にすることを含めて、おまえの仕事だろう」

「やってる暇がなくなるんだよ、清掃なんて！」

「どうしても必要なら、馬でも走らせて付与魔法師を迎えに行けばいい。結局、おまえが楽したいだけだ」

「あの子ができるならその方が早いし、大勢の患者が救えるんだぞ？」

「患者を救うのはおまえの仕事だと、何度言わせるんだ。あの子には、なんの責任も義務もない」

「でもよ……」

「加えて言うなら、俺が、おまえに便宜を図ってやる義理もない。もう一度言うぞ？　出て行け。おまえをタクトに会わせるつもりはない」

「……今度うちに治療に来たって、診てやらねぇからな」

「ほう……命を脅しに使うのかよ、医者のくせに」

「くそっ！　もういい！　帰りゃいいんだろ！」

「ああ、そうしてくれ」

◇◆◇

ガイハックさんがこんなことを言い出したのは、俺が寝ている間の来客のせいらしい。

ガンゼールさん……？

ああ、組合の受付で見た人か。医者だったのか。

俺に無理矢理会おうとした理由が、防毒の【付与魔法】を掛けて欲しいから……という話だった。

どうも状態維持系の【付与魔法】は魔力を多く使用するため、長期間の付与が難しいらしい。

優れた魔法師でも半年から九ヶ月、普通なら二ヶ月から四ヶ月くらいまでということだ。

「でも、断った」

「なんで……？」

まぁ、俺のためを思って……だろうな。

「ガンゼールは……元は悪いやつじゃあねぇんだが、ちょっと自分勝手が過ぎてよ」

医者が自分勝手って怖い……

「親父さんは凄腕のいい医者なんだが、それがあいつには負担だったのかもしれねぇ……」

偉大な父親を持つプレッシャーってやつか。解らなくはないけど。

「……贅沢《ぜいたく》な悩みですね」

「ははは、そうなんだけどな。あいつも頑張ってはいたんだよ」

あの事件が起きるまでは……と、ガイハックさんが聞かせてくれた。

独立して、自分でも医者として開業を始めた頃にあった事件のようだ。

防毒の魔法を付与してもらったのに、角狼の毒が部屋に残留していた。

偶々《たまたま》その時に治療していた患者に、運悪くその毒が付着してしまったらしい。

その患者は両足が動かなくなった……という話だ。

「アレはあいつが横着して、掃除をちゃんとやらなかったせいだ。器具にも毒が残っていた」

医療事故ってやつか。

「……もしかして、ガンゼールさんは、それを付与魔法師のせいにしたんですか？」

「そうだ。効かねぇ魔法で大金とりやがったって騒いでな」

ひでぇ話……そっか、このことがあったから、ガイハックさんはいろいろ言ってくれたんだな。

善意でやっても、仕事でやったとしても、失敗は発生する。

わざとじゃなくても、その不運に当たってしまった人は恨めしく思うだろう。

でも明らかに、すべきことをしていないなら別だ。

事故の調査で、魔法師組合と医師組合とで部屋と器具の魔法の状態を確認したらしい。

その結果、魔法に不備はなくその防毒効果を超える毒が残っていたことが判《わか》ったようだ。

つまり、ガンゼールさんの衛生管理不十分ってことだった。

「それ以降、この町の付与魔法師は、やつの依頼を受けなくなった」

「だから、別の町の魔法師に頼んでいたんですか」

「でも今年は、いつもより早く毒の患者が出そうだからな。頼んでいた魔法師がまだ来られねぇんだ」

それで、事情を知らない俺に、魔法を使わせようとしたのか……。

「断ってくださってありがとうございます」

「……家族なら当然だ」

家族……？

「不思議そうな顔すんな！　ひとつ屋根の下に暮らしてりゃ、家族なんだよ！　一時的でもな！」

「……はい！」


じゃあ……家族には、俺のことも、ある程度知っておいてもらった方が良いな。

で、話そうとしたら、一度ガイハックさんに制止された。

「それは、本当に話して大丈夫なことか？　秘密なんてもんは、一度でも口に出したら広まるぞ？」

「秘密……じゃないですけど、ガイハックさんがぺらぺら喋《しゃべ》るとは思えないし」

「人なんて、知ってることをずっと確実に黙っていられるとは、限らねぇ生き物だぞ」

「ガイハックさんでも？」

「当たり前だ。いつでもちゃんと意識があって、脅されてねぇとは限らねぇってことだ」

そうか……薬や暴力で無理矢理自白させられる可能性も、家族を盾に脅されることもあるかもしれない。

そんな時まで、他人の秘密を話さないでいられる保証はない。

俺だって、多分話しちゃうもんな。

他人に自分の秘密を共有してもらおうなんて、虫のいい話ってことだ。

「大丈夫です。俺だって、そこまで話さないです」

「……おまえが大したことないと思ってることが、とんでもねぇ場合もあるんだけどな」

う、それは否定できない。

なにがとんでもないってレベルなのかまだよく判っていないから、慎重にいこう。

「まず……俺は、まだ正確には【付与魔法】を使えないんです」

「は？」

「俺の故郷の物だって言ったあの欠片、えーと、これです」

「ああ、俺の傷口に当てたやつだな？」

「そうです。この道具で書くと魔法になるんですけど、この欠片以外には書けないんです」

俺は手近にあった布に、万年筆で字を書いてみせる。当然、文字は滲んで読めない。

「ね？　他の物には、まだ書けないんですよ」

嘘は言っていない。空中文字を使っていないだけだ。

「つまり……この欠片以外だと、魔法の効果は出ないってことか？」

「はい。未熟なもので……それで練習していて、昨日は魔力を使い過ぎちゃって」

これも本当だしね。

「この欠片に書いたものも……えっと、仕方ないか。ちょっと借ります」

近くにあったガイハックさんのナイフで、腕を浅く切る。痛《いて》ぇな、やっぱ。

「ばかっ！　何を……！」

「大丈夫ですって。……ほらね」

俺は欠片に文字を書き、傷を半分だけ治してみせた。

「……全部は、治っていないじゃねぇか」

「はい、必ず全部治るってもんでも、ないんです」

まぁ『傷を半分だけ治す』って、書いたからなんだけどね。でも嘘じゃない。

「じゃあ、俺の怪我が全部治ったのは？」

「偶然です。偶々、あの時は上手くいっただけなんです」

これも本当。あんなに治るなんて、思ってなかったんだから。

「それに、見てください。文字が薄くなってるでしょう？」

「本当だ……さっきまで青かったのに、色がなくなってやがる」

「こうなるともう、なんの効果もないんです」

何度か傷に当てても、全く傷は治らない。

『一回のみ』って、回数制限を書いたからなんだけどね。

「一度だけしか、使えねぇってことなのか！」

「そうです。で、もう一度上から同じことを書いても……」

「……傷の治りが悪いな」

「効果は、ほぼなくなってしまうんです」

これも上から同じようになぞっても、効果は低いって検証済の事実。

綺麗な字で書かなかったんで、大した効果が出なかったってのもあるけどね。

「この欠片じゃねぇとダメで……効果は一定じゃなくて、しかも一度だけ、か」

「はい、まだ魔法を使えるようになったばかりですから」

三日前からね！

「ははははは！　そうか！　こりゃ、俺が先走っちまったなぁ」

「いえ、ちゃんと言わなかったんで、俺も」

「そうだよなーぁ、おまえ、まだ子供だもんな！　魔法だって、そこまで使えねぇよなぁ！」

……オトナですが、ここは未成年免罪符を利用しよう！

できないのは子供だからってことで、他をスルーしていただこう！

ガイハックさんは、明らかにほっとしたような顔になった。

安心してもらえるなら、俺のプライドなんて、どーでもいいや。

○

ガイハックさんとの話が一区切りついて、俺は一度部屋に戻った。

あとで魔法師組合に行って、俺の現状を報告しようと言われた。

そうしておけば無茶な依頼などは来ないだろうし、断りやすくなるということだ。

それにしても……回復できる魔法師が少ないってのは、びっくりだった。

一番、需要が多そうなのにな。素質の問題なのか？

なんにしても、気をつけなくちゃな。

そうだ、偽装して身分登録しちゃったから、本当だとどういう表記になるのか確認してみよう。

変化があると内容が更新されるみたいだから、きっと変わるはずだ。

コレクションから役所で書いた紙を取り出して、ふたつに折る。

こうすれば【文字魔法】は発動しないはず。

そんで……ドッグタグ、じゃない、身分証……っと。

取り出して、両手で持つと細かく振動してわずかに光り、大きくなった。

んん？

・・・・・・・・・・・・・・・・・

名前　タクト　家名　スズヤ

年齢　19　男

出身　ニッポン

魔力　2685

【魔法師 三等位】
蒐集《しゅうしゅう》魔法　文字魔法　付与魔法

・・・・・・・・・・・・・・・・・

【文字魔法】……は、いいとして、【付与魔法】もちゃんと使えるようになってる。
空中文字を使えるようになったからか？
【蒐集魔法】ってのはコレクションのことかな。
そうか、アレも魔法か。だよな、うん。
魔力が増えてるのも気になるけど、なんだ、この年齢？
……じゅうきゅうさい？
なんで？　なんで？　なんで若返ってるの？
これじゃ、マジで子供じゃねーか！　あっちの世界でも、成人前じゃねーか！
いや、今は選挙権あるし、成人式も十八歳だから……微妙か。

でも俺の感覚では、大人は二十歳から、なんだよな。

あ、鏡！　こっちに来てから、鏡を見ていなかった。

窓硝子《がらす》とかも微妙に湾曲があるのか、ちゃんと映らないんだよな。

確か、仕事用の鞄の中に手鏡があったはずだ。

カルチャースクールは、基本的におばさま達相手だから『身だしなみは必ずチェックして！』ってきつく言われてたんだよ。

鏡に映っていたのは……明らかに若返った顔だった。

こりゃー、誰が見ても子供だわ。異世界って、来ると若返るものなの？


「とにかく、隠しておきたい項目が表示されないように、書き換えよう」

『身分証に『家名スズヤ』【蒐集魔法】は表示されない』

家名なんて項目がわざわざ出るってのは、きっと意味があるからだ。

面倒事かもしれないから、隠しておく。

【文字魔法】は……説明できるけど、【蒐集魔法】の方は説明できない。

特殊なものでないと判ったら、表示すればいい。

中に入ってるものを出せって言われたら困るし。

『魔力は『２３００』で表示』

これもあまり多いとマズイらしいし、一日で三百八十五も上がっていたら流石《さすが》におかしいだろ。

『いかなる鑑定魔法でも、身分証の表示以外のことは鑑定に出ない』

うん、いきなり魔法を使われることはないと思うけど、用心に越したことはない。
小心者で結構。自己防衛だよな。
年齢は……毎年書き直すの面倒だし、この外見だし。
役所の記載違いってことにしてもらっちゃおう……ごめんなさい……役所の皆さん。
そして書いた紙をコレクションにしまって、もう一度身分証を確認する。

・・・・・・・・・・・・・・・・・・・・
名前　タクト
年齢　19　男
出身　ニッポン
魔力　2300
【魔法師 三等位】
文字魔法　付与魔法
・・・・・・・・・・・・・・・・・・・・

うん。これでいいや。

……魔法師組合に、年齢の訂正も伝えておこう。

更に子供期間が長くなってしまう……早くオトナになりたい……


魔法師組合にやって来た。

ガイハックさんがラドーレク組合長に俺のできること、できないことを説明してくれた。

上手いこと【回復魔法】のことは伏せてくれて良かった。

ちょっとガイハックさん、過保護過ぎないかなぁとは思ったけど甘えておこう。

ありがとうございます。

「そうか、ガイハックが確認した通りなら、まずは安心だね」

「ああ、目の前でやって見せてくれたからよ。間違いねぇ」

「良かったよ、あまりに優秀過ぎる未成年は本当に危険だから」

狙われるってやつ？

「魔法が不安定なのに、おだてられて使って大怪我……なんてこともあるしねぇ」

……物理でも、大変なことになるんだな。マジで気をつけよう。

その後、簡単に実演してみせて、ラドーレクさんはすっかり納得してくれた。

流石に回復はまずいから、少しの水を出しただけだったけど。

「あ、あのぅ、もう一度、身分証を見てもらえたりしますか？」

「ん？　一度登録してるから、別に確認しなくてもいいよ？」

「いえ、さっき大きくしてみたんですけど、なんか文字が初めと違う所があって……」

「文字が違う？」

「ああ、こいつはまだ、こっちの文字が読めねぇんだよ」

ガイハックさん、ナイスフォロー。

「はい、故郷と全然違うので、これから覚えようと……」

「そうか、じゃあ確認してみようか。ん……？　おや？」

石板に乗せた身分証から映し出された文字を読んで、ラドーレクさんが首をかしげる。

ですよねー、年齢、変ですよねー。

「タクトくん……きみ、十九歳なのかい？」

「実は……なんで二十三歳って出たのかずっと不思議で。それ、直っているんですか？」

「うん、十九歳になってるね、今は」

「おいおい、なんだそりゃあ？　役所の鑑定魔法が間違えるなんて、あるのか？」

「初めてだよ……もしかしたら、君が他国の出身だから年齢の換算が狂ったのか？」

「ああ……暦が違うって国も、あったな。そうか、それでか」

そうなんですか？

暦って、全世界共通じゃないのか。あ、グレゴリオ暦と太陰暦みたいな違いか？

「それと【文字魔法】って初めて見たよ。さっき説明してくれたやつだね」

「そうです。俺の故郷の文字なんで、こっちでは認められていなくて出ないんだと思ってました」

「なるほどな……じゃあ、おまえは文字魔法師でもあるってことか」

文字魔法師……！

いいな、うん、嬉しい。嬉しいついでに贅沢、言っちゃおうかな。

「文字魔法師……故郷では『カリグラファー』って呼ばれているんです」

「ほう、美しい響きだね、カリグラファーか」

「うむ、いいな。おまえに似合ってるじゃねぇか」

くぅ！　ふたり共、いいこと言ってくれるなぁ！

○

それからも俺は、ガイハックさんとミアレッラさんにお世話になりながら暮らしている。

二階の部屋に無償で泊めてもらっているのは、やっぱり心苦しい。

なので、昼間は食堂の給仕を手伝うことにした。

ランチタイムはもの凄く忙しいのだ。

ミアレッラさんの料理は、すっごく美味しいからね。

「タクト、これは五番のお客さんだよ」

「はい！」

バイトで、レストランのホールをやったこともあるから慣れたもんさ。

少しずつ常連さんとも、いろいろと話すようになった。

「今日は、野菜煮込みとシシ肉焼きだよ、ロンバルさん」

「おお、旨《うま》そうだな！　タクトは魔法師なんだろ？　いいのか、練習しなくて」

「ちゃんとしてるよ、練習も。でも、今の時間は手伝いが優先」

「そうか、ちゃんと【付与魔法】が使えるようになったら、おまえさんにも頼むからな」

「ああ！　いろいろできるようになったら、やらせてもらうよ！」

「タクトー、できたよー」

「はーい！」

こういう何気ない感じ、ホントいいよな。


隣から時々カン、カンと鎚《つち》を打つ音が聞こえる。

日用品や魔道具の手入れと修理専門の鍛冶師である、ガイハックさんの仕事場からだ。

食堂と同じ入り口だが、すぐ左手に入るとカウンターがある。

そこで修理品を受け渡ししている。工房はその奥だ。

裏庭からも、食堂の厨房《ちゅうぼう》と行き来ができる作りになっていて便利だ。

昼時の食堂での手伝いが終わると、俺は工房でガイハックさんの修理を見せてもらっている。

ちょっと手伝ったり、色々な素材について教えてもらったりして過ごす。

夕食時に、また少し食堂の手伝いをする。

でも、暗くなったら子供はダメだと、すぐに引っ込まされるのだ。

子供……なので仕方ない。

夕食後に三人で、お茶を飲みながらいろいろと話をする。

今日来たお客さんのこととか、どんなものを修理したとか。

お客さんが教えてくれた、町で聞いた話なんかも。

……本当に、家族みたいに。


その後は部屋に戻って、俺は文字の練習をする。

表紙に『このノートに書かれた文字は魔法が発動しない』と書いたノートを作った。

これなら、何を書いても大丈夫。存分に、カリグラフィーを練習できる。

まだ慣れない空中文字も練習する。

これは魔法が発動しないノートには、インクが乗らなかった。

この文字自体が、魔法だからだろう。

なので、別の紙で魔法が発動しても大して変化しないような単語を選んで練習している。

空中文字の魔法は万年筆だけでなく、筆にインクや墨をつけても書くことができた。

まぁ、書道もカリグラフィーのひとつではある。

ただ、筆の場合は空中文字だと途中でぽたっと墨が落ちてしまい、文字が崩れることがあった。

筆を使う場合は、インクや墨の量にかなり気をつけないといけない。

そして、あまり長い文言には向かないようだ。

空中文字では墨の付け直しができないし、文字が掠れると効果がかなり落ちる。

相当練習しないと、綺麗に書けないだろう。

書道でなら縦長の紙に、お札《ふだ》みたいのを作ってもいいんじゃないかな。

陰陽師《おんみょうじ》みたいで、ちょっとカッコイイじゃないか？

こんな検証と練習も、夜の十二刻……日本時間だとだいたい夜の十時くらいまでと決められていた。

ちゃんと寝ないと、ミアレッラさんにめちゃくちゃ怒られるのだ。

……前科があるから仕方ない。


そして朝。

天気が良ければ、俺は店の前を軽く掃除してから、ランニングに行く。

体力作りは、やはり魔法だけに頼っていてはできないようだから。

心身共に健康だと、いい文字が書ける。はずだ。

朝の町を走るのは気分が良いし、町の人達と挨拶を交わすのも悪くない。

時々、早起きのリシュレアばあちゃんと、彼女の店の前で話をしたりする。

俺はじいちゃんとか、ばあちゃんには弱いのだ。

リシュレアばあちゃんの店は手芸工房だ。綺麗な刺繍糸《ししゅういと》を沢山売っている。

アレに魔法を付与できたら、凄い刺繍ができたりしないかなぁと思っている。

いつか試してみたい。

朝食の時間までには家に戻る。

三人で朝ご飯を食べて、ミアレッラさんと一緒に厨房で食堂開店の準備をする。

食堂は五刻四半時、日本時間の午前十時半からだ。

そしてまた、ランチタイム。

そんな風に一日が回っていき、楽しく、ゆったりと時間が過ぎていく。

〇

俺がこの町に来て、一ヶ月近くが経った。

少しずつこちらの文字も覚えてきて、【文字魔法】の勉強も進めている。

今日は昼に随分お客さんが来て、食堂は大忙しだ。

そういう、くそ忙しい時に限って変なやつってのは来るものだ。

「おまえか？　『嘘つきのタクト』って」

……誰だよ、こいつ。

初対面の人間に向かって、しかもこの忙しい時間に。無視だな。

「おいっ！　なんで無視するんだ！」

「俺は『嘘つき』じゃねーから別人だ」

……て言うのが、嘘だけどね。

人間、生きてりゃ、何度かは嘘くらいつくって。

でも会ったことのないやつに、文句言われるようなことじゃない。

「そこ、入ってくるお客さんの邪魔だからどけ」

「え？　あ、わりぃ……」

こいつ、意外と素直。でも、更に無視。


俺はそいつに一切構わず、給仕を続けた。

そいつはお客さん達の視線に居たたまれなくなったのか、表に出て行った。

ちゃんと喧嘩《けんか》売る度胸もねーなら、突っかかってくんな。

見た目は子供だが、心はアラサーおじさんにメンタルで勝てると思うなよ。

腕力は自信ないけどな！

「ミトカのやつ、何を言ってんだか……」

「知ってるやつなの？」

「うちの近くの木工工房の弟子だ。おまえと同い年……十八だったかな？」

「俺は十九歳だよ、ロンバルさん」

ロンバルさんの木製食器の店は、たしか南西・橙通の六番だ。

この町では、店に個別の名前をあまりつけない。

名前だけ言われたって、どこにあるか判らなくちゃ意味がないからだ。

この食堂も『南・青通三番の食堂』って呼ばれてる。

凄い、効率重視な感じ。

それから一時間くらいして、やっと一息ついた。

まだ食事中のお客さんもいるけど、ピークは越えた感じだ。

そしたら、またあのミトカってやつが入ってきた。こいつ、外で待っていたのか？

「おまえか？『嘘つきのタクト』って」

あ、やりなおした。なかなかの強者《つわもの》じゃねーか。

「ミトカ！　いい加減にしろ」

「あ……ロ、ロンバルさん？　なんでまだいるんだよっ」

「飯はゆっくり食うもんだからな」

そう、この町の人達には食事をゆったり楽しむ習慣が根付いているのだ。

特に昼食には、三時間近く掛けて、食事・デザート・お茶を楽しむ人もいる。

「なんで俺が『嘘つき』なんだよ？　ちゃんと説明できたら話、聞いてやる」

「お、おまえ……っ！　嘘つきと話なんか……」

「じゃ、帰れ」

「聞けよ！」

「初めて会った人を、根拠なく嘘つき呼ばわりするようなやつの話なんて聞きたかねぇよ」

あくまで上から目線。

「証拠もないくせにそういうこと言うやつ、大嫌いだしな」

「ガンゼールさんに嘘ついただろ！」

……ガンゼール……って誰だっけ？

あ！　あの医療事故の医者か！

「ガンゼールって人が、そう言ってるのか？」

「そうだよ！　魔法も使えないくせに、付与魔法師だって言って迷惑掛けたんだろ！」

「その人に、俺は一度も会ったことがない」

「え……？」

「ガンゼールって人を俺は知らないし、会ったことも話したこともない」

「……嘘だ」

「それに、俺は一度も誰かに、自分が付与魔法師だって言ったことはない」

「嘘だ！」

ミトカは随分と、そのガンゼールってやつに傾倒しているんだなぁ。

「おまえ、初めから俺の話を信じる気がないなら、なんで話しかけてきたんだよ？」

「ガンゼールさんはいい人だ！　俺達みたいなのにも優しいし……」

「俺にとっては、会ったこともないくせに俺の悪口を吹聴《ふいちょう》する悪いやつだ」

「……おまえ、本当に会ったことないのか？」

「信じなくてもいいよ。でも事実じゃないことをこれ以上言いふらすようなら」

ちょっと脅しちゃおうかな。オトナゲなく。

「おまえもその人も、絶対許さねぇから」

ロンバルさんが、溜息混じりに割って入る。

「タクト、そう熱くなるなって」

「名誉の問題だからね。こいつの方が嘘つきだって認識させないと、俺が認めたことになる」

「ミトカ、タクトは嘘は言ってないぞ。こいつは一度も自分を付与魔法師と言ったことはない」

「……ロンバルさん……で、でも」

「ガンゼールがなんて言ったかは知らんが、タクトは嘘つきじゃないよ」

……ありがとうございます、ロンバルさん。

実はちょっとムキになり過ぎて、着地点を見失っていました。

ロンバルさんの言葉に、ミトカは黙ってしまった。

ミトカにとって、ガンゼールはいい人なのかもしれない。

でも、俺にとっては『絶対関わりたくないやつランキング』の第一位になった。

そのままミトカは去っていったが、最後まで俺を睨《にら》んでいた。

絶対に、また絡んできそうだ……


「……おさまったかい？」

「すみません、ミアレッラさん」

「いいんだよ。あんなこと言われて、黙ってる方がおかしいからね」

子供の喧嘩だから見守っていてくれたんだな。

「でも、タクトはよくあいつを殴らなかったなぁ？　俺ならぶっ飛ばしてたね」

「やめとくれよ、デルフィーさんったら。タクトは暴力なんて振るわないよ！」

「あはは……腕力は全然ですからね、俺」

「いいんだよ、それで！　殴り合いだなんて、冒険者じゃあるまいし！」

「そりゃ、そうだな」

冒険者ってやっぱり、そういう方法で解決する人達なんだ……

「まぁ、あれで帰らなかったら、あたしがぶっ飛ばしていたかもしれないけどね」

……ミアレッラさん？


こうして初めての同世代との交流（？）は終わった。

同世代……と、言っていいのか疑問だが。

今後も良い関係には、ならなそうである。

まあ、つまり、

大失敗だ。

ロンバルとデルフィー

「まったく、ガンゼールのやつ……！」

「あんなやつに、医者をやらせてる方が間違ってるのさ」

「ああ……そうだな。それは儂《わし》も、そう思ってる」

「すまん、ロンバルさん。あんたの息子のこと、思い出させちまったか」

「……思い出さない日はないよ、デルフィー」

「そうだよな」

「あんなやつでも、あれから随分真面目になったたって噂《うわさ》だが」

「確かに、親のいない子供達の診察なんかを積極的にやってはいるな」

「その子らに、タクトの悪口吹き込んでるんだろうな」

「会ったこともない子供の悪口なんて、何を考えてんだか……」

「ああ……多分ミトカだけじゃなく、他の子も影響されてるはずだ」

「子供に嘘を吹き込んでまで、やつがタクトをどうにかしたいとは思えんが……」

「……他にも……子供達に何をしているか、解ったもんじゃない」

「適当に自分に都合の良いことを言ってそうだな、あいつなら」

「なんにしても、放っておくのはまずいだろう。子供達の将来にも影響する」

「子供達……？」

「タクトだけじゃない。あんなやつに関わってる、子供達全員だよ」

「ロンバルさん、あんた……なんかする気じゃないよな？」

「安心しろ、デルフィー。復讐《ふくしゅう》なんて真似はしないさ」

「そ、そうだよな。すまん、あんたの顔がいつになく……いや、なんでも……」

「あいつは……医者をやってちゃ、いけないやつなんだ。それだけは確かだよ」

◇◆◇

今日はガイハックさんが修理用の素材を買いに行くので、一緒に連れてきてもらった。

素材は白森の近い南西側と、碧い森や錆《さび》山の近くの北側に店が多い。

今日の買い物は、鉱石や金属なので北側の店だ。

こっちに来るのは初めてなので、どんな店があるのか楽しみ。

素材ごとに店があり、専門店みたいになってる。

ひとつの店で全部揃《そろ》うのも便利だけど、こうして専門店を巡るのも好きだ。

顔料絵の具の店もあった。石などを粉にして油で溶くやつだ。

その絵の具も実は試してみたのだが、効果があまり上がらなかった。

空中文字にも向かないようだし。


店を見ていて、ふと、寂しくなってしまった。

もう新しい色のインクも、万年筆、ノートとかの新商品が出ても買えない。

出たかどうかすら、判らない。

今、コレクションに入ってるものは【文字魔法】で同じものを出せるからなくならない。

でも、今以上に増やすことはできないんだ……そう思うと、やっぱり……ちょっと悲しい。

だめだ、贅沢になってるな。今持っているものを、大切にしよう。

この世界でも、コレクションしたくなるものができるかもしれないし。

「タクト、おまえは必要なものあるか？」

「えーと……あ、鉱石とかが少し欲しいので……」

「石か。じゃああっちだな」

【付与魔法】は、鉱石や貴石を磨いて装飾具になったものに付与することもある。

今まで空中文字を石に書いたことはないので、小さいものに使えるか試したい。

カットや磨きの練習もしたいしね。

小さいものばかりだけど、そこそこ重い……でも、大丈夫。

肩掛け袋の中にトートバッグをしのばせ、二重にしていた。

トートの方に買ったものを入れ、こっそりコレクションにしまう。

以前、肩掛け袋をコレクションにそのまま入れようとしたが、袋を『鞄』と認識してくれなくて入らなかったのだ。

まぁ、荷物がなくなったように見えなくていいけどね。

「ガイハックさん、俺まだそんなに重くないから少し持つよ」

「ん？　そうか？　そりゃ、助かる。結構重くてな」

「金属が多いからね」

預かった袋が、ずしっと肩に食い込む。あ、マジで重いわ。

ガイハックさんの持ってるものの、三分の一くらいなのに。

今度、買い物用のカートでも作ろうか……ミアレッラさんが野菜を買う時にも、便利だろうし。

いや、石畳だと車輪系はかえって運びづらいか。

持つと言った手前、音を上げるわけにいかないので、頑張ってなんとか家の近くまで来た。

あと少しでこの重さから解放される……と、思った時。


「てめーっ！」

突然、真横から飛びかかるように出てきたやつに突き飛ばされてよろけた。

倒れなかったのは、日々のランニングのおかげだろう。

足腰、少しは鍛えられているのだ。

飛びかかってきたのは、ミトカだった。

「てめーが医師組合に告げ口したんだろ！」

……こいつは、思い込みでしか行動できないバカヤロウなのか？

面倒事の天才だな。

○

「何しやがるんだ、おまえ！」

「大丈夫だよ、ガイハックさん。子供の喧嘩だからさ」

ガイハックさんが怒ってくれたおかげで、少し冷静になれた。

「おまえがガンゼールさんのことを、医師組合に言ったせいで……」

「待て！　前提が間違ってる。俺はガンゼールなんて知らない」

「まだそんなことを……」

「本当のことだからな。知らない人の何を、俺が医師組合に告げ口できるんだ？」

「そ、そんなの、適当に言って、誤魔化したに決まってる！」


「子供が適当に言ったことで誤魔化されるほど、愚かな組合だって言いたいのかい？」

応えたのは知らない人だ。

誰？

子供の口喧嘩《くちげんか》に入ってくるとは。

長めの髪を後ろでまとめている……やたら美形の……男だ。ちぇっ。

「うわ……！」

ミトカは慌てて逃げようとするが、その人はあっさり首根っこを押さえて捕まえた。

「君がタクト、だね？」

「はい。あなたの名前を伺っていいですか？」

「これは失礼した。私は医師組合の副組合長、リシュリューという」

「リシュリュー、これはどういうことなんだ？」

「お久しぶりです、ガイハックさん。ちょっと医師組合に看過できない訴えがありましてね」

「そいつだ！　その嘘つきが言ったんだ！」

こいつ、本当に情報を更新しないやつだな。脳みそのキャパ少な過ぎだろ。

「訴えたのは私だよ、ミトカ」

「……ロンバルさん？」

「ガンゼールはおまえを洗脳して、タクトを襲わせたんだ」

……洗脳って、なんですか、その不穏過ぎるワード……

「違うよ、そんなことないよ！」

「じゃあなぜ、おまえは自分がよく知りもしないタクトに飛びかかっていったんだ？」

「ロンバル、もうやめろ。その先は医師組合が解明してくれる」

ガイハックさんが宥《なだ》めようとしてるが、ロンバルさんは聞き入れない。

「あいつは嘘と妄想をおまえ達に植え付けて、他の職人達にも嫌われるようにしていた」

なんだ、それ？　そんなことできるのか？

……まさか、そんな魔法があるとか？

「違うんだ……それは……ガンゼールさんは不運なだけで、愚痴を言ってただけで……」

「それを鵜呑《うの》みにして、おまえ達は師匠と上手くいかなくなったり、タクトを襲ったりしたんだろうが！」

「……なるほど。子供に嘘を吹き込むのは、医師というより人としてダメですね」

「あいつは、自分の失敗を全部他人のせいにする。そんなやつが、医者でいていいはずがない！」

「でも、俺達みたいなのを診てくれる医師は、ガンゼールさんくらいで……」

「そんなことはありませんよ。医師組合では定期的に貴方《あなた》たちのような子供の診療を行っています」

「……嘘だ。そんなの、知らない」

「ほれ、みろ。それこそがやつの洗脳だ」

いるんだよな……自分が聞いてないこと、知らないことを全部嘘って決めつけるやつ。

そういうやつって絶対に自分から知ろうとしないで、一部の他人から与えられた情報だけで判断するんだ。

だから偏るし、間違う。他人の思惑に簡単に乗って、騙《だま》される。

でも……洗脳っていうのとは違うよな。


「……ガイハックさん、あいつみたいな子供って、どういうことなんですか？」

「大人に護られたがらない子供のことだ」

「孤児……ってこと？」

「親が生きてるやつもいる。大人を拒んで、自分らだけで暮らしている子供達だ」

中には、本当に親がいない子供もいるのだろう。それでも、子供だけでは生活はできない。なんとかそこから抜け出そうとしてるやつも、きっといる。

そういう子供に他の大人達の悪口を吹き込んだら、ますます社会から隔絶してしまう。

ロンバルさんが洗脳っていう表現をしたのも、ちょっと解ってしまった。

「双方の話が聞きたいだけなのに、いきなり逃げ出されたら後ろめたいことがあると思うのが普通ですよ」

リシュリューさんの言う通りだが……言いくるめられることを怖がっているんだろうな、ミトカ達は。

自分が信じたものを、否定されるのが怖いんだ。

「タクトくんにも聞きたいのだけど、構わないかい？」

「はい、今からご一緒したらいいんですか？」

「タクト、無理しなくていいんだぞ？」

「ありがとう、ガイハックさん。でも、さっさと終わらせちゃいたいからね」

「それは助かる……けど、早いところガンゼールを捕まえないとね……」

なんだよ、逃げてるってミトカ達だけじゃなくて、張本人もかよ！

ますます信用できねぇおっさんだな！

○

他の医師組合の人が、取り押さえられたミトカを連れて行った。

リシュリューさんは一緒に家まで行って、ミアレッラさんにも断ってから俺の話を聞きたいということだった。

「リシュリュー、俺も付いていくぞ。かまわねぇか？」

「勿論です。未成年には、保護者同伴が規則ですから」

もう慣れたと思っていたけど、まだ地味にダメージ喰《く》らうな……

「ガンゼールのやつ……なんだって、逃げたりしやがったんだ」

「後ろ暗いことをやっていたのでしょうね。彼に対しては、ロンバルさん以外からも苦情が来てます」

「その人、本当に何か意図があって、ミトカ達に近づいたのかな？」

「それを聞きたくて尋ねたら……逃げ出されちゃってね」

あーあ……刑事物で小物の実行犯がよくやってたなぁ、そういう無駄なあがき。


俺達は医師組合と魔法師組合に向かい、家を出て歩き始めた。

その時。


「魔獣が入り込んだ！」

「角狼が三匹！」


叫び声が聞こえたと同時に、全ての家や商店の扉が一斉に閉まった。

道にいた人々も、手近な所に逃げ込む。

「開けてくれ！　まだ来ていない」

「開ける。どけ！」

一度閉めた扉を開けて、道にいる人を入れてる商店もある。

外開きの扉の内側に、板張りの止水板みたいなものが見えた。

あれがあれば、開けた拍子に獣に入り込まれはしないということか。


俺達も慌てて食堂に戻り、扉を閉めた。

やはり食堂の扉にも、止水板のような金属の板がある。

そういえば、入り口両脇の下の方に内掛けが付いてるの、なんだろうって思ってたんだよな。

金属板は表に板張りがあって、倒して床になってたのか。

備えあれば憂いなしって感じだ。

なんてことを暢気《のんき》に考えていたが、遠くで悲鳴が聞こえた。

「ちっ、逃げ遅れたやつがいたか？」

「今から出るのは危険ですね。どこにいるか解らないと、後ろから襲われてしまいます」

「この中に入ってくることもあるんですか？」

「中は多分、大丈夫だが……衛兵や猟師達が仕留めてくれるまでは動けん」


念のため、店にいたお客さん三人と、俺達は全員二階に上がった。

階段も、蓋ができるようになっている。

入ってくる可能性は、ゼロじゃないってことか……

もしもの時のために俺は『物理攻撃無効』『毒無効』と書いた紙を階段の蓋に貼った。

「なんだい、それは？」

「俺の故郷の厄除《やくよ》け……というか、おまじないみたいなものです」

「……初めて見る文字だね。タクトくんの故郷の字かい？」

「はい。まあ、これは気休めみたいなものなので」

お客さん達が尋ねてくるのを、適当に躱《かわ》す。流石にこれが魔法です、とは言えない。

そして、みんなにも持っててもらった方がいいかもと思ったその時。

すぐ近くで、逃げ回っているような悲鳴が聞こえた。

「あの声は……ガンゼールだ……！」

「まさか、あいつ、表に逃げようとして通用門を開けたんじゃ……」

「あり得ますね。なんという浅はかな行いだ……！」

リシュリューさん、声が怒ってる。当然だよな。


二階の窓から辺りを見回すと、一匹の角狼から逃げている人が見えた。

「角狼はあまり足の速い獣ではありませんから、道を曲がったりすれば撒《ま》けるんですけどね……」

そうだよな、俺の足でだって逃げられたんだから。

「だめだ、あいつ怯《おび》えちまって真《ま》っ直《す》ぐにしか逃げてねぇ」

「ガンゼールさんっ、こっちだ！」

「……ミトカ！」

あいつ逃げ出したのか？

うちの二階から見える小道に、ガンゼールを誘導しようとしている。

だが、ガンゼールの足がもつれているのか、上手く走れなくなっているようだ。

「ダメだ、追いつかれるっ！」

角狼が飛びかかった。

「伏せろ！　頭を低くしろ！」

ガイハックさんの声が響く。なんとか躱せたようだ。

そのまま小道に逃げるのかと思ったが、ふたりは慌てて大通りに出てきた。

小道の後方から、もう一匹現れたのだ。

「伏せていろ！　角狼は自分より背の高いものに飛びかかるんだ！」


ガイハックさんの声に伏せようとするミトカ。

だが、ガンゼールはそのミトカの襟首を捻《ひね》りあげるようにして持ち上げた。

ミトカの悲鳴が上がって、血しぶきが舞った。

「あいつ……ミトカを盾にしやがった……！」

◯

俺は決して、正義感が強い方ではない。

警察官とか消防士なんていう、ヒーローに憧れたこともない。

どっちかというと、面倒事は極力避けたいタイプだ。

でも、ガンゼールがミトカを盾にした瞬間、俺の身体は二階の窓から飛び降りていた。

上から、ガイハックさんの怒鳴り声が聞こえる。

足の裏にちょっと衝撃があった程度で、他はなんともない。無茶だ。解っている。

でも、身体が勝手に動いたんだから仕方ない。


ガンゼールは……どうやら走ってきた方向に逃げたようだ。

ミトカを……置き去りにして。

俺とミトカの間に角狼が一匹、ミトカの後方にもう一匹。

ミトカは倒れているから、やつらのターゲットは俺だろう。

落ち着け。視線を外すな。

ゆっくりと、二匹が重なって見えるように身体を移動する。

さっき書いた『物理攻撃無効』『毒無効』をコレクションにも入れている。

多分、攻撃をくらっても致命傷にはならないだろう。

まさかあの時作った陰陽師っぽい札を、こんな形で試すことになろうとは。

「コレクション、文字魔法」

小声で画面を開く。コレクション内で二つ折りにして入れていた札を取り出し、開いた。

画面から向こうが透けて見えるのは助かるな。

やつらが身を屈《かが》めた！　飛びかかってくる！

「槍《やり》っ！」

重なった二頭の角狼を指さすと、その方向に凄《すさ》まじい勢いで焔《ほのお》の槍が発射された。

しまった、一頭はかすっただけだ！

もう一頭は口に槍が刺さったようだ。ギリギリで身を躱して、もう一度指をさす。

「散弾！」

炎のつぶてが角狼を襲い、なんとか動きを止められた。

角狼の生死を確認する前に、俺はミトカのもとに走った。


ぐったりとして動かないが……まだ息がある。

みんなが駆け寄ってくる前に、解毒だけはしておこう。

食堂を背にし、駆け寄ってこられても見えない位置でコレクションから紙を、そして左胸のペンを取り出す。

手にした紙はハガキ大くらいだったので、急いで『解毒』『回復』と二行に書いた。

そうだ、内臓と筋肉だけなら治しても表面の怪我はそのままだから、傷が思ったより浅かった、程度で済むだろう。

あ、神経に傷が残るとまずいな。

俺は近寄ってくる足音に焦りつつ『回復』の後に『……するのは内臓と筋肉と神経系のみ』と続け、ミトカの傷に当てる。

ふわり、と空気が動くような感じがあって、毒が消えているのか爛《ただ》れがなくなっていった。

ミトカの顔色が少し良くなったのを確認したので、紙をポケットに押し込んで振り返る。

俺が放ったふたつの炎の武器は、角狼を焼き殺したようだった。

そして、みんなが俺達の側に来る前に、もう一匹の角狼を仕留めた衛兵達もやってきた。


「ばっかやろう！　なんて無茶をしやがるんだ！」

……怒られた。げんこつが思いっきり振り下ろされた。

痛いふりはするけど、物理攻撃無効のおかげで全然痛くなかった。

「そうだぜ！　なんだっていきなり飛び出したんだ！　危ねぇだろう！」

「二階からなんて正気じゃねぇぞ？」

お客さん達にも怒られた……

でも、ミアレッラさんには思いっきり抱きしめられて、泣かれた。

正直、これが一番、堪《こた》えた……

「ごめん……なさい」

でも、本当にどうしてあんなことできたのか解らないんだよな……若気の至りってやつ？

若さ故の熱情が、迸《ほとばし》り過ぎちゃった感じ？

「正直、吃驚《びっくり》したよ……君の年で、あんな魔法が使えるなんて」

リシュリューさんの声は少し重い。多分、これはやらかした。

「あとで、お話しします。ガイハックさん達にも」

「ああ、そうしろ。あんなことができるのは、熟練の魔法騎士ぐれぇだからな」

……やっぱー……

○

魔力の表示数が『３０７２』に増えていた以外は大丈夫だった。

まぁ、一度部屋に戻っておかしな表示がないか、身分証を確認できただけでも良かったけど。

あとで……が、翌日とかだったら良かったのに。ほぼ今すぐですよ、これは。


で、今は二階の居間に集まっている。

なぜか、衛兵隊の副長官という人と、ラドーレクさんまで増えてるけど。

「なんで、ビィクティアム副長官まで来てるんですか？」

「衛兵隊としてもあの魔法については、聞いておかないといけませんからね。不都合でも？　組合長」

見られていたのか……あとから来たから、見ていないと思っていたのに。

「そういうわけではないですが、子供相手に念の入ったことだと思ってね」

「子供だから……ですよ」

もー、ふたり共、子供、子供って連呼しないでよ。

「確かに、あれは相当の威力でしたからね。衛兵隊としても見過ごせないでしょう」

「で、タクト。ちゃんと話せるな？」

「はい……」


ではまず、説明させていただきますか。

「えーと、あの火の攻撃魔法は、正確には俺が出したわけじゃありません」

「どういう……」

「まぁ、待て、ビィクティアム。先に、タクトの話を聞いてくれんか」

「……承知しました」

ガイハックさん、ありがとうございます。途中で突っ込まれると面倒なんで、助かります。

「これを見てください。これは、俺の故郷のものです」

「……見たことのない物だな。布……でもないし」

「『和紙』というものです。これに書かれた文字が魔法そのものです」

短冊に書かれた文字は、護符を真似て書いたものだ。

墨と筆を使って、草書体と隷書体を混ぜて書いてある。

文字の周りにはファイヤーパターンまで描いちゃった、中二病的傑作ですよ。

「これには炎の魔力が込められていて、持っている者が形を指定して指をさすとその方向に魔法が飛びます」

「持っているだけで……あんな強い魔法が？」

「君が書いたのかい？」

これは肯定しちゃ駄目なやつ。

「えっと……俺が書ける、魔法が発動できる文字は……この万年筆で書いたものなんです」

小さめの付箋紙を取り出して、前にガイハックさんに見せたように文字を書く。

水を出し、文字を滲ませてすぐに使えなくする。

前にラドーレクさんに見せたデモンストレーションだ。

「……これだけ？」

「はい。俺自身が文字を書いた時のものは、こんな程度なんです」

「しかも、タクトが書いたやつは効果にばらつきがあってよ。その上、そのちっこい欠片にしか書けねぇ」

ナイスフォロー！　ガイハックさん！

「では、何故《なにゆえ》このワシ？　というものを持っていた？」

「……故郷の、亡くなった祖父に貰《もら》ったものなんです」

これは本当。じいちゃんが残してくれた紙類の中にあった和紙の束を貰ったんだ。

「どうしてこの文字には、あんな大きな魔法が込められているんだ？」

「これは【護符】と呼ばれるもので、守り札として家族から貰ったりするんですよ」

「随分、物騒なものをくれるのだな」

「あんなに強いとは思わなくて、俺も驚きました。でも、多分これ、もう使えないと思います」

「本当かい？」

心配そうなラドーレクさんに頷《うなず》いてみせる。

「ああ……この周りの模様が、薄くなっとるからか？」

「薄くなってると使えないとは、どういうことなのです、ガイハックさん？」

「タクトの魔法、【文字魔法】は色がなくなっちまうともう使えねぇんだよ」

そうなんですよ、リシュリューさん。

「魔力が抜けてしまうと、色が消えるということですか？」

「それは私も、タクトくんとガイハックに見せてもらったから確認済だよ」

実はこれ、周りのファイヤーパターンは薄墨で書いてるから元々なんだけど。


「実際にやって見せてくれ。完全に使えないと証明できなければ、相応の措置が必要だ」

さすが、衛兵隊の副長官さん。攻撃魔法関係には、うるさいね。

「わかりました。ではさっきと同じようにやってみますね」

俺は札を縦に二つ折りに持ち窓の外、空を指さして唱えた。

「槍」

もちろん、槍は出ない。

「散弾」

こちらも、うんともすんとも言わない。

「ほれみろ。だから言っとるだろうが」

ガイハックさん、ちょっと疑ってたな。ほっとした顔してる。

「俺にも試させてもらいたい。構わないか？」

念には念を入れるタイプだね、ビィクティアムさんは。

「どうぞ」

ビィクティアムさんが札を開いたまま手にして俺と同じように唱えるが、何も出ない。

……ふぅ、やっぱりだ。

こんな形で、一《いち》か八《ばち》かの検証になるとは思わなかったけど。


書かれている文字は日本語。俺が『槍』と言ったのは日本語だ。

翻訳されているから、みんなにはこちらの言葉で槍を意味する単語に聞こえている。

そして、ビィクティアムさんが唱えたのは、こちらの言葉の『槍』。

日本語とは全く違う発音で、存在しない名称だから反応しなかったのだ。

「どうやら危険はないようだな。持っているのは、この一枚だけなのか？」

「はい。護符は、沢山持ち歩くものではありませんから」

うん、これしか作らなかったからね。

「君がこのワシに同じことを書いたら……使えるのではないのか？」

うーん、リシュリューさんも疑《うたぐ》り深《ぶか》いな。

「じゃあ……この和紙の裏に書いてみましょうか」

「タクト、このマンネンヒツ……だっけか？　こいつで書いたことはあるのか？」

「いえ、初めてですね。どうなるのか俺も楽しみです」

うっかり綺麗に書いて、発動するのはヤバイ。

でも、万年筆を使って筆で書くように書くと、文字は決して綺麗とはいえない。

しかも和紙の裏なんて引っかかってインク溜《だ》まりや掠れ、飛びもできる。

結果、種火にもならないような小さな火が一瞬点《つ》いたが、何も燃やすこともできずに消えた。

「今の俺の実力と、この筆記具ではこんなものですね」

……明らかに、全員が安堵《あんど》した。

できないことで安心されるって、こちらでは攻撃的な魔法というのはかなり警戒されるものなんだな。

○

「では、タクト、最後に君の身分証を確認させてくれ」

「身分証を？」

「間違いなく君が攻撃魔法を使えないかどうか、見ておかないとな」

「疑り深いねぇ、ビィクティアムくんは」

「役目ですので」

「構いませんよ。ここで大きくしていいですか？」

「頼む」

俺は、みんなの前で身分証を拡大する。

ちょっと恥ずかしい気分なのは、何でだろう。

・・・・・・・・・・・・・・・・・・・

名前　タクト
年齢　19　男
出身　ニッポン
魔力　2300
【魔法師　三等位】
文字魔法　付与魔法

・・・・・・・・・・・・・・・・・・・

よし、変わってない、変わってない。

「うん、以前確認したタクトくんの状態と変わっていないね」

ですよね、ラドーレクさん。

「ありがとう。すまなかったな」

「いえ、解っていただけたんならそれで」

副長官さんもご納得いただけたようで良かった。

「確かに、君の魔力で発動してた訳ではなかったようですね」

「……？　なんで解るんですか、リシュリューさん？」

「あれだけ大きな魔法を使ったら、魔力が減っているはずですからね」

これに表示されてる数値も、魔法を使うと減るのか……

最大値が表示されてるだけだと思っていたよ。

「いえ……なんで俺の魔力が、減っていないって解るんですか？」

そうだよ、この人とは今日初めて会ったんだから。

「ああ、さっき君と初めて会った時に、ちょっと鑑定させてもらっていたんだ」

なんだと――！　痴漢よっ！　そんなの痴漢行為よっ！

「すまないね、私の右目は生まれつき魔眼でね。勝手に見えてしまうんだよ」

……こういう人もいるのか。

対策しておいてホント、よかった。


ビィクティアムさんは、ガイハックさんとミアレッラさんに軽く会釈して帰って行った。

衛兵隊に俺のことを含めて、今回の一件を報告するとのことだ。

角狼の入り込んだ原因も今、調査しているようなのですぐに判明するだろう。

「あの……ミトカは大丈夫でしたか？」

「ああ、彼に傷つけた個体がどうやら弱毒だったようだし、傷も浅かったからね」

弱毒……？　あ、慌てて書いたから字が汚かったのか……！

効果が薄かったんだな。

「それじゃあ、元々私が聞きたかったことに答えてもらおうかな」

「いいのか、ここで？」

「ええ、魔法師組合長もいらっしゃいますし、身分証も確認しましたし」

ガイハックさんとラドーレクさんにも証言してもらいながら、俺はリシュリューさんからの質問に答えた。


「ふむ……三人の話を聞けて良かった。やはりあの人は、思い込みが激しい上に身勝手だな」

「自分の思ったことが正義なのだろうね、彼には」

「……あんなやつじゃなかったんだよ。あんな、子供を盾にするような……」

「人は変わるものだよ、ガイハック」

ああいう変わり方はしたくないな……

でも、どこで間違うか解らないもんなんだろうな、人間って。

「俺は、会ったこともないし話したこともないあの人から非難されて、元々ややつだって思っていたけど」

あいつは、絶対に許せないことをした。

どんな不幸に見舞われていたって、絶対に越えちゃいけない一線はある。

「あいつの言い分だけは、何があっても絶対に認めない」

「タクトくん、君は正義感が強いのかもしれないけど、君自身が無茶するのは感心しないよ？」

「そうだぞ。今回は上手くいったから良かったようなものの、魔獣ってのはかなり危険なんだぞ」

「あ、あれは……正義感というよりは、なんというか、勢い……？」

若さ故の過ちってやつですよ！　多分！

「まぁ……もう使える攻撃魔法もないようだから、バカな真似はしないだろうけど」

作れるとは絶対に言えんな……

「下手に使うと、君の手が吹き飛んでいたかもしれない。それくらい危険なんだよ？」

そうだった……未熟者の暴走ってのが、頭から抜けてた。

「はい……ご心配お掛けしてすみません……」

「まったくだぜ。あとでミアレッラに、こってり絞られるといい」

えぇえー？　まだお説教、あるのー？

○

「でも、なんでロンバルさんは、ガンゼールを訴えたんだろう？」

俺のことだけじゃない……みたいなこと、言っていたもんなぁ。

「ガンゼールがあの子供達に接触し始めたのは、あの事件のあとだね……」

あの事件？

「ほら、前に話したろ？」

「あ……あの医療事故」

「ほう、難しい言葉を知っているね」

う……医師組合の人には、引っかかる言葉だったか。

リシュリューさんって口調はきつくないんだけど、真顔だと睨まれてるみたいで怖いんだよな。

美形の圧ってやつなのかもだけど……別にコンプレックスなんてないぞ、俺には！

「濡れ衣を着せられた付与魔法師は……ロンバルさんの息子さんだったんだよ」

そうだったのか。

「ガンゼールはやたら騒いで、全部付与魔法師のせいだと言いふらしやがった」

「私も、医師組合が彼をちゃんと抑止しきれなかったのは……申し訳ないと思っています」

自分を護るのに必死で、そういう行動に出たんだろうが……

その付与魔法師は、自殺してしまったのだそうだ。

「彼は若かったが、腕のいい魔法師だった。あんな失敗はあり得ないと思って調査したんだが……間に合わなかった」

「あいつの、その魔法師の親友だったんだよ。足が動かなくなっちまったやつが」

なんて……つらい話だ……自分のせいで、親友の自由を奪ってしまったと思ったのだろう。

「ロンバルさんも……つらかったでしょうね」

「ひとり息子だったからな。ロンバルの自慢だったんだよ」

唇を噛《か》み締《し》めて泣き出しそうな俺の頭を、ガイハックさんがポンポンと優しく叩く。

身内を失う痛みは、他人にはきっと解らない。

思いの深さや大きさは、たとえ同じ経験をしていても同じ質量ではない。

それでも、ロンバルさんはガンゼールに復讐するでもなく……今まで過ごしていたのに。

きっと、俺の噂のせいだ。

ミトカから、俺を嘘つきだと言いふらしているやつがガンゼールだと聞いてしまった。

まだ付与魔法師でないものすら、子供ですらやつは標的にする……と、感じたのだろう。

自分の息子を死に至らしめた時の憎しみと怒りを……思い起こしてしまったのだろう。

でも、ロンバルさんが直接やつをどうにかしなくて良かった。

あんなやつのために、誰ひとり罪人になんてなって欲しくない。

「あいつ、ガンゼールはこの先も、医師のままなんですか……?」

「それは……今、私が決めることではないから、何とも言えない」

「魔法師組合は今後一切、あいつとは関わらないよ。擁護するなら、医師組合も覚悟したまえ」

「……解っていますよ。私だって個人的に、子供を身代わりにするような卑劣漢とは関わりたくありません」

「おそらく……やつの身分証から『医師』は消えてるだろうよ」

「私もそう思いますね」

身分証って、マイナス補正もありなんだな……

リシュリューさんとラドーレクさんが帰ったあと、俺はミアレッラさんにこってりとお説教をくらった。

罰として、七日間の厨房の掃除。この程度で許してもらえて、ほっとしている。

こんな危険な子供を置いておくわけにはいかないと、追い出されたって仕方ないのだ。なのに、ふたり共真っ先に俺の心配をしてくれる。本当にこの世界に来て最初に出会えたのが、ガイハックさんとミアレッラさんでよかった。

俺はもう一度、正しい【文字魔法】の使い方を考えようと心に誓った。

戦うためではなく、傷つけるためでもない使い方を。

リシュリューとラドーレク

「あの子は随分、聡《さと》い子ですね……十九歳とは思えませんでしたよ」

「故郷をなくして、暫くひとりで生きてきたようだからね、タクトくんは」

「……故郷をなくした？」

「国境の山崩れで、周辺の少数民族の村がいくつかなくなったことがあっただろう？　そのどこかの生き残りのようだよ」

「なるほど。名も知らぬ民族の国が点在していましたからね。あの文字は初めて見ました」

「私もだよ。きっと、彼の故郷独特の魔法なのだろうねぇ」

「あの魔道具……マンネンヒツ、でしたか。あれも未知のものでしたから、そうなのでしょう」

「彼には【付与魔法】の才能がある。加えてあの魔力量だ。かなり期待しているのだよ」

「魔法師組合としては大事に育成したい逸材……ということですか」

「そうだよ。だから、なんとしても護ってやりたいね」

「とても理性的に見えたのですが、まさかあそこで飛び出すとは意外でした」

「正義感ではなく、勢いと言ってしまえるのも……少し怖いねぇタクトくんは」

「ええ、彼がガイハックさんに保護されて、本当に良かった」

「そうだねぇ。もし、タクトくんが先に出逢《であ》っていたのがミトカ達だったら、もっと大変なことになったかもしれない」

「確かに……それにまだ、危ういですしね、彼自身も」

「子供だ。当然だよ。でも、タクトくんは我々の言葉をちゃんと聞いて判断できる子だ」

「……大人の責任は重大ですね」

「だから、ガンゼールのようなやつを、子供達に接触させちゃいけない」


「ガンゼールはもう捕らえられているでしょう。彼の話も……一応は、聞きます」

「頼むよ。ミトカの具合も心配だ」

「実は、少し不思議なのですよ……」

「ん？　何がだい、リシュリュー？」

「二階から見た時、ミトカの傷はもっと深く、深刻なものだと思っていたのです」

「ああ……派手に血がとんだからねぇ」

「それに、ミトカを傷つけた角狼は、毒の最も強いはずの成体。にもかかわらず、毒は殆ど検出されなかった」

「……それは、運が良かったのでは？」

「そうかもしれませんが、服の裂け方の割に、傷も浅過ぎる……」

「何が言いたいんだい？」

「彼は……【回復魔法】も使えるのでは……と思ったのですよ」

「それは、荒唐無稽な話だ」

「ええ、解っています。おそらくそんなことはあり得ない。でも……他に説明が付かないのです」

「偶然、だよ。仮に【回復魔法】が使えたって、あの短時間では治せない」

「そうですね。絶対に無理でしょうね」

「その上、毒は【回復魔法】ではなくならないよ」

「解ってはいるんですが……納得できていないというか……」

「珍しいねぇ、そんなに歯切れの悪い君は初めて見るよ、リシュリュー」

「……私も……自分の魔眼鑑定を疑ったのは、初めてですよ」

◇◆◇

あの角狼事件から、二ヶ月ほどが経った。

ガンゼールは捕まって、医師組合から追放された。今も牢獄にいる。

やはりガンゼールが逃げようとした時に外門の通用門を開け、その時偶々近くにいた角狼が飛び込んできたそうだ。

ミトカとは、全く仲良くなれてはいない。寧《むし》ろ、ずーーっと険悪だ。

町で見かけて目が合ったとしても、お互いに無視している。


俺は、ガイハックさんとミアレッラさんを手伝いながら日常に戻っている。

【文字魔法】の練習はそこそこ成果を上げているが、まだ検証が必要だ。

「ずっと同じ色ばっか使っていたもんなぁ。空《から》になったら別の色に替えようかなぁ」

それとも、別の万年筆にしようかな。

今まで使ってたインクが青だから、赤系か……緑もいいな。

コレクションを開いて選んでいると、一番最後に空白のマスがふたつあった。

「……？　空白なんてあったかな？」

試しに空白のマスのひとつに触れてみる。何も出てこない。

「そうだよな、空っぽのマスだから出てこないよ……うぇぇっ？」

見たことのないインクの画像が、半透明で表示された。

なんだ？　なんだこれ？

画像の下に〈購入可能〉と表示されている。

「……購入……？　なにで買うの？」

お金はない。向こうのも、こっちのも持っていない。

でも……可能ってなってるから……購入って押してみちゃおうかな？

えいっ！
マスがちょっと光って、半透明だったものがはっきりと映し出された。
「……買えたってこと？」
待て、ちょっと待て。
対価は？　何で支払われたんだ？
俺がなくしちゃいけないモノとか、じゃないよな？
コレクション内をくまなく見たが、なくなっているものはなかった。
身分証の表示も変わって……ん？
変わってる……
名前　タクト　家名　スズヤ
年齢　20　男
出身　ニッポン
魔力　3072
【魔法師 三等位】
……………………

蒐集魔法　文字魔法　付与魔法　金融魔法
・・・・・・・・・・・・・・・・・・・・
……なんだよ【金融魔法】って……名前、ダサ過ぎだろ？
もう一度コレクションから、さっき現れた画像のものを取り出す。
「インク……これ、S社の新色？　全然知らないやつなんだけどっ？」
向こうの世界で新発売になったものが買えるのか？
でも、マジで何で支払いを……ん……？　金融……魔法。あ、銀行……？
俺はあちらでは、四人分の死亡保険金をもらっている。両親と祖父母の分だ。
両親の分は、俺の学費や働きに出る前までの養育費で殆どなくなってるはずだ。
でも祖父母の分はまるまる残っているし、遺産もそれなりにあった。
自分の稼ぎだけでもなんとか暮らせていたので、手つかずで預金されている。
どこかに……銀行の預金額が、示されていたりするのか？
あった。多分これだ。
コレクションの一番最後のページ、欄外に〈残高〉という文字が見えた。
まるで契約書の、一番小さくて読み飛ばしちゃう文章くらいの文字サイズ。
触れてみると、数字が現れた。おそらく、これが俺の口座の残高だ。
「……結構あるな」
ワンルームマンションくらいなら、買えそうな額だ。

試しにもうひとつある空白マスに触れると、やはり半透明の購入可能商品が現れた。

購入してみると、数字が『１１００』減った。この商品の価格だろう。

「新商品が……買える！」

この慶《よろこ》びを、どう表現したらいいのだろう……！

その後、コレクション内の色々なページの空白に触れるとやはり新商品だった。

当然、全買いである。

なんてったって、今、持ってる残高はこっちの世界では使えないものなのだ。

全部コレクションに投じられる！

万年筆！　ノート！　紙！　筆と墨も！　あー、このペン知らないやつ！

やべーっ！　嬉しいーっ！

あ、いかんいかん、もう残高を増やせないんだから。自重した方がいい。

でも、今日は嬉しいから全部買うーっ！


この【金融魔法】……って、こっちのものを向こうの通貨に換金できたりしないのか？

こっちで買った練習用の石の中に、琥珀《こはく》が混ざっているものがあった。

これなら少しは価値があるんじゃないか？

「コレクションには……このままじゃ入らないか」

文字魔法で『日本円に換金』と書いた紙で、石に触れる。

すると、五百十五円分の、日本の硬貨が現れた。
「マジか……」
この石の価値が、それなのだろう。換金されたということだ。
おそるおそる、その硬貨をコレクションに入れてみる。
残高が五百十五円分、増えた。
俺が未《いま》だかつてないほど神様に感謝したのは、言うまでもない。

○

その後、【文字魔法】であちらの商品を出す度に、残高が減っていることも発見した。
ここに来た初日、俺はポテチにいくら使ったのだろう……と、ちょっと青くなった。
しかし、稼ぐ目的が生まれたのだ！
働くモチベーションが、ガッツリアップしたのは間違いない。
「この【金融魔法】ってのも表示させない方がいいよな？」
『身分証に『家名スズヤ』【蒐集魔法】は表示されない』を別の紙に差し替えよう。
家名を消すだけの紙を一枚……魔法関係は別の用紙に分けて……
『身分証に『家名スズヤ』は表示されない』
『身分証に【文字魔法】以外の独自の魔法は表示されない』
うん、これで何か突然増えても、大丈夫かも。

この世界に元々あるものなら問題ないけど、俺だけのものは説明できないから非表示が安全。

・・・・・・・・・・・・・・・・・・・・・・

名前　タクト
年齢　20　男
出身　ニッポン
魔力　2300

【魔法師 三等位】
文字魔法　付与魔法

・・・・・・・・・・・・・・・・・・・・・・

よしよし……あれ？
年齢が……変わってる。もしかして、今日が俺の誕生日ってことなのかな？
暦が違うみたいだし、わかんなかったんだよね。

「おや！　誕生日だって？」

「うん、さっき身分証見たら二十歳になってた。昨日までは十九だったのに」

「そうかい！　朔月《さくつき》の十七日がタクトの誕生日なんだね！」

ミアレッラさん、暦に印をつけてくれてる。

「じゃあ、今日はお祝いしなくちゃ！」

「え？」

「何が食べたい？　なんでも言いなさい！」

「俺、赤茄子《なす》の野菜煮込みとイノブタ肉の生姜《しょうが》焼きがいい！」

「なんだい、安上がりな子だねぇ」

「じゃあ、乳脂《にゅうし》たっぷりの焼き菓子も！」

乳脂《クリーム》は甘めで、ふわふわの焼き菓子がいいですっ！

「そりゃあ、いいね！　じゃあ今日は、さっさと店を切り上げてお祝いしようね！」

うれしい……！

もう何年も、誕生日を誰かに祝ってもらったことなんてなかった。

凄く、嬉しい！

「誕生日？　タクトの？」

「うん、身分証見たんだ」

「そうか！　二十歳になったか！」

すっげー笑顔で、頭をぐりぐりなでられた。

「ミアレッラさんが、ご馳走作ってくれてるんだ」

「……イノブタの生姜焼きだろ？」

「なんで解るんだよ？」

「おまえの一番の好物くらい、知っとるわい」

本当にこんなに嬉しい日が来るなんて、想像もしていなかった。

生まれたことを喜んでくれる人達が、またできるなんて。


その夜は沢山食べて、沢山話して、沢山笑った。

……俺は、こんないい人達に隠し事をしている。全部を見せることが、できないでいる。

いつか、いや、近いうちにここを離れるべきなのかもしれない。

この人達に何かあるとすれば、原因はきっと俺だろうから。

俺には、全部を打ち明けることはできない。

前に、ガイハックさんに言われたことを反芻《はんすう》する。

『人は秘密を他人と共有はできない』

でも、隠したままで俺を信用してくれなんて……言えない。


「……実はよ、タクトに言いたいことがあってよ……というか、お願いというか……」

「なんですか？」

「あのね、ずっと、言いたかったんだけどね……」

もしかして……出てって欲しいってこと……かな。

「わしらの養子にならんか？」

「え？」

「ずっと、考えていたんだよ、あんたが来てからすぐにさ」

「わしらには、子供ができなかった。今まで、子供と関わることも全然なくてな」

「ずっと、縁がないものだと諦めていたんだけどね。あんたが来てくれた」

やばい。

泣く。

「タクトを迎えるのを、あたし達はずっと、待っていたんじゃないかと思うんだ」

「あの日、滅多《めった》に行かねぇ白森に行こうなんて思ったのも、あの小屋でおまえに会うためだったと思うんだよ」

俺は、運命なんて嫌いだ。抗《あらが》えない気がするから。

でも、その言葉に救われることもあるっていうことも知ってる。

その言葉で、俺は無理矢理に家族を諦めてきた。

「……俺、話してないことが、まだ、あるし……」

「いいんだよ。そんなことは解ってる」

「そうだぜ。言えないことがあるのは、誰でも同じだ」

「でも……そんなやつ、信じられないだろ？」

「ばかだねぇ、知ることと信じることは、別ものだよ」

「そうさ。解り合うから家族なんじゃねぇ。信じ合えるから家族なんだ」

涙が止まらない。

「俺達の息子に、なってくれるか？」

「……んっ……！」

言葉が出なくて、何度も頷いた。

「タクトの今までなんて、どうでもいいんだよ。これから、一緒に家族になろうね」

「今日が、誕生日なんだ。ちょうどイイじゃねぇか。俺達の息子の生まれた日だ」

俺は、最高のプレゼントを貰った。

○

翌日、俺とガイハックさんとミアレッラさんの三人揃って役所に行った。

養子の手続きには、全員が行く必要があるらしい。多分、身分証の更新があるからだろう。基本情報だから、全員で確認するんだろうな。

三人の身分証を役所の人に預け、ガイハックさんとミアレッラさんが何枚かの書類にサインをしていた。

そして、再び手元に戻ってきた身分証は、かなり内容が変わっていた。

・・・・・・・・・・・・・・・・・・
名前　タクト／文字魔法師《カリグラファー》

年齢　20　男

在籍　シュリィイーレ

養父　ガイハック／鍛冶師
養母　ミアレッラ／店主

魔力　2300

【魔法師　三等位】
文字魔法　付与魔法

【適性技能】
鍛冶技能　石判定

・・・・・・・・・・・・・・・・・・

……家族も表示されるのか。
出身がなくなって、在籍地になってる。

「文字魔法師って職業は、初めて見ましたよー」

「ああ、こいつ独自の魔法を使うものだからよ。カッコイイだろ？」

「そうですねー、職人っぽくていいですー」

役所のお姉さんの言い方は、明らかに社交辞令っぽいけど気にしない。

「でも、珍しいですねぇ。未成年で職業が表示されるの」

「儂も二十一歳には出てたから、そうでもないんじゃねぇのか？」

「最近は少ないですよぅ？　まぁ……最近の子供達がちゃんと、修業していないってことなんでしょうけど」

修業年数なら任せてくれ。二十年はやってるからな！

そうか、名前の後に付いてるのは職業か。

……文字魔法師《カリグラファー》……って、すっげー嬉しい。

なんかいろいろ嬉しいことがあり過ぎて、どうしていいか解んないや。

「鍛冶技能と石判定なんて、いい適性が出たじゃねぇか」

「適性？」

「才能があるってことだよ」

「タクトはよく手伝ってくれるから、調理が出るかと思ったんだけどねぇ」

ミアレッラさんが、ちょっと残念そうだ。

反対に、ガイハックさんはウキウキな感じだ。

鍛冶技能は、ガイハックさんを手伝っているからだよな。

石判定って……この間、琥珀を換金したりしたから？

こういうのって、なんかする度にポコポコ増えるものなのかなぁ。

「この適性って増えるの？」

「そう簡単には増えねぇが……増えることもあるな。まぁ、適性があっても経験を積まなきゃ役にたたねぇ」

やっぱり、一日とかで適性ゲットしちゃうのは異常なんだな。

ミアレッラさんは、昼の準備があるからと先に戻った。

俺達はまた、魔法師組合に登録内容変更に行かなくちゃ。


魔法師組合で、またしてもラドーレクさんに書き換えを依頼。

「すみません……何度も変更してもらって……」

「いやいや、今回の変更は、とても喜ばしいことだからねぇ」

ガイハックさんが、めっちゃご機嫌だ。俺もニヤニヤしっぱなしだし。

「ほほう、いい適性が出ているねぇ。こりゃ、ますます魔法師としても期待できるよ」

「石と鍛冶で？」

「このふたつがあれば、だいたいの素材が見分けられるんだよ」

「【付与魔法】では、素材の吟味ができねぇと三流だからな」

そっか、素材を適切に取り扱ったり鑑別できないと、いい魔法付与ができないのか。

「今日の夜は、うちの食堂で祝いの宴《うたげ》をすっからよ。おまえも来てくれよ」

「おお！　それは是非とも伺うよ！　おめでとう、二人共」

「ありがとうございます」

「他にも来たいやつがいたら誘ってくれ。人数は多い方が良いからな」

……お披露目《ひろめ》ってことですか？　結構恥ずかしいぞ？


その日の夜は、本当にどんちゃん騒ぎだった。

近所の人達も沢山来てくれたし、組合長さんもデルフィーさんやロンバルさんも顔を出してくれた。

「よかったな……タクト、本当に良かった！」

「ありがとう。俺、ロンバルさんにもいっぱい助けてもらった」

ロンバルさんは、涙を流して喜んでくれた。また、息子さんを思い出しちゃったのかな。

リシュレアばあちゃんも来てくれたんだけど、すぐ帰ってしまった。

早起きだからすぐ眠くなったみたいで、また朝に会おうって約束した。

以前見せてもらった工房の人達からもお祝いを貰ったり、すごく楽しい夜だった。

みんなが帰ったあと、ガイハックさんはご機嫌で飲み過ぎたのか食堂で眠ってしまった。

俺はミアレッラさんと後片付けをしながら、これからのことを考えていた。

ここにいていい、そう言ってくれた人達に俺はちゃんと恩返しがしたいから。

「え？　今日の夜は早じまいなのか？」

「ごめんね、デルフィーさん。今日は俺の誕生日なんだよ」

デルフィーさんは相変わらず常連で、昼も夜もうちの食堂で食べてくれている。

昼食の時間にいつも来てくれる人達《たち》には、今日の夜が早めの閉店であると告げる。

こちらでは、誕生日は必ず家族で祝うもの。

うちでもそれぞれの誕生日の夜は仕事を早く切り上げて、家族でお祝いする。

「おお、そうなのか。じゃあ仕方ねぇなぁ。二十一歳か？　おめでとう、タクト」

「うん、ありがとう！」

この世界で生きる場所がもらえたあの最初の誕生日から、丸一年。

ふたりを父さん、母さんと呼ぶのもすっかり慣れた。


「タクトー、ちょっと来てくれー」

「はーい……母さん、俺、外しても平気？」

「もう大丈夫だよ。お疲れ様、タクト」

「じゃあ、隣にいるから」

「なんだい？　父さん」

「これなんだがよ、おまえ知ってるか？」

隣の工房のカウンターに、お客さんがひとり。

雑貨商のタセリームさんだ。

なにやら珍しいものを持ち込んできていた。

「これ……他国のものですよね？」

「ああ、そうなんですよ。一点物なんだけど……燈火《とうか》にしては珍しい形でしょう？」

燈火とはランプのことだ。こちらではそう呼ぶ。

確かに珍しいな。これは、白熱電球だ。

基本的に、燈火は中に入れた鉱石に魔法を付与して火を燃やし続けるものだ。

消しても魔力を通してやればまた火が点《つ》き、一定の大きさでしか燃えない。

鉱石へ付与した魔法が切れない限り使える仕組みだ。


「何度魔力を通しても、付与し直しても点かなくてねー」

「でもよ、これの仕組み自体に故障も壊れもねぇぞ？」

「そうでしょう？　だから【付与魔法】のせいだと思うんですけどねぇ……」

魔法師組合にも行ったんだろうな。でも、解決しなかったんだろう。

「……これ、昔見たことがあるよ。直せるかは解《わか》らないけど、預かってもいい？」

「ああ！　原因を調べてくれるだけでもいいよ！　頼むよ、タクト」

「じゃあ、預かるね、タセリームさん」

預かり証を書いて渡す。

ふふふ、もうこっちの文字も書けるようになったんだぜ。

でも、文字をかなり崩して書く人が多いので読むのは大変だ。

英語のブロック体と筆記体みたいな違いなんだろうけど、全っ然読めない人もいる。

だから『文字は原文と訳文の同時表記』の【文字魔法】をオンにしてある。

そして、まだ会話の方は『自動翻訳』に頼りっぱなしだ。

言語って難しいよね、ホント。


工房の隅っこを借りて、分解してみる。

うん、やっぱりだ。電球の中のフィラメントが切れている。

中に入っている鉱石の魔法もなくなっているみたいだ。

うーん……このフィラメント、金属じゃないなぁ……？

「解るか？　タクト」

「うん……構造と原因は解るんだけど、直すのはちょっと難しいかも……」

白熱電球の中って、真空なんだよね。

真空にはできると思うんだけど……フィラメントの素材がない。

俺が知っているものは、こっちにまだあるかないかが確認されていない金属だしなぁ……

「父さん……竹って、この辺にはないよね？」

「……竹？　ああー……ないなぁ。あれを使うやつは、全然いねぇからなぁ……」

だよなぁ。ここら辺じゃ、どこでも見たことがないもんな。

多分、これに使われているフィラメントは竹だ。

でも……ここにはないから……代替品、あったような……

「俺、これを自分の部屋で調べていい？」

「ああ、構わんが、お客のものだってことは忘れるなよ？」

「うん！」


部屋に戻った俺は、コレクションの中の事典やらなんやらで白熱電球を調べた。

タングステンは実物を触ったことがないから出せないし、プラチナなんてこちらでも高級過ぎる素材は論外。

竹を出して作ってもいいんだけど、身近にあるもので代用品が欲しい。

どうやら、木綿糸に煤《すす》とタールをつけたもので代用できるらしい。

俺は昔、墨作りの現場にじいちゃんと行ったことがある。

じいちゃんは自分で使う墨を、専門の職人さんに作ってもらっていたのだ。

その時に乾溜《かんりゅう》液の『木タール』というものを見たことがあった。

これは作り方的に、この近くでも作れるモノだ。

俺は【文字魔法】で、木タールと煤を出す。

「これを混ぜて、木綿糸につけて……」

あまり耐久時間はないが、これを使えば一応明るくなるはずだ。

糸を魔法で乾かし、工房に持っていく。

「父さん、これで試してみたいんだけど、やってもいいかな？」

「仕組みを説明できるか？」

「えーとね……」

俺はフィラメントと、電球の仕組みを簡単に説明した。

「つまり……これが燃えるのか？」

「うん、この糸には煤が付けてあるんだ。これに電気を流すんだよ」

「電気？」

「あー……雷のすごーく、小さいやつ。だから、付与する魔法は『火』じゃなくて『雷』なんだ」

だから、どんなに火の魔法を付与しても点かなかったんだよね。

俺は空中文字を使って、鉱石に『電池』と書く。

この付与の方法は、既に家族とラドーレクさんには公開済だ。

「でもこの燈火の仕組みだと、一度この鉱石を入れたらずっと明るいままになっちゃうと思うんだ」

「そりゃ、意味がねぇな」

「だから、切り替えできる装置を付けたくて……」

「よし、そっちは儂《わし》に任せろ！」

「頼むよ、父さん」

オン・オフできなきゃ、使い勝手が悪いもんな。

父さんは手持ちの金属で、あっという間に切替スイッチ部分を作った。

手元がなんとなく光って見えた気がしたのは、魔法を使ったからだろう。

魔法そのものじゃなくて、加工されている金属の方から見えたみたいだったな。


俺はコイル状にまいたフィラメントをセットし、電球の硝子《がらす》カバーを被《かぶ》せた。

あとは中を真空にする。

でも、どうせならアルゴンガスを注入しておこう。

フィラメントのもちが良くなるかもしれない。

大気から特定の物質だけを取り出すなんてことも【文字魔法】なら、お茶の子さいさいである。

なんだかふたりで、夢中になって改造してしまった。

たとえ短命でも白熱電球はテンション上がるアイテムだよ、ここでは。


夕方になって、食堂と工房を早めに閉めた。

もちろん、今年も誕生日はイノブタの生姜《しょうが》焼きである。

甘い焼き菓子も忘れてはならない。

俺は母さんの料理に舌鼓をうちつつ、明日からのことを考えていた。

あの燈火、サイズを小さくして安く作れないかな。結構、可愛《かわい》いと思うんだ。

もうタールのフィラメントは【文字魔法】でも出せるしね。

時間がある時に、こっそり竹を出して作っておいてもいいな。

そうして後日、タセリームさんにできあがり品を渡した。

若干の改造を加えたことも、たいそう喜んでもらえてほっとした。

そして、どうやらあの燈火は随分と長持ちしているらしい。

エジソン、超えちゃったかな？

なんてな。

○

最近、なんだか変なものが度々持ち込まれるようになった。

タセリームさんがあの燈火に随分感動してくれたみたいで、あちこちに俺のことを話したらしい。

『使い方がよく解らない物を持っていくと、タクトが使える物に改造してくれる』とかなんとか。

……はい？　いやいや、あれはたまたまだよ？

珍品ばっか持って来られても、何もできないかもしれないよ？

まぁ……俺的には珍しい物が見られて、面白いけどさ。

父さんも、面白がって改造してくれてるし。

でも、これじゃカリグラファーじゃなくてリメイク職人だよ。

そして今日も、タセリームさんが凄《すご》い物を持って来ている。

「でね、タクト、こいつなんだけどねっ」

「どうしていつも変な物ばっか持ってくるんですか、タセリームさん……」

「他の町との取引で、面白い物があったら取り敢えず買ってる」

商人としてその姿勢は、褒めるべきか呆《あき》れるべきか……

「おまえ、よくそれで商売になっとるなぁ」

「ちゃんと売れる物も仕入れてますよ。これは趣味みたいなものですって」

やっぱ趣味かよ。

「これ……どこの国のものですか？」

「アーメルサス教国だね」

アーメルサス……確か、内陸の盆地に首都がある北西にある国だ。

あんまり国土は大きくはないけど、技術が高い国だって聞いたことがある。

「前回の燈火もそうですよね？」

「おお、よく解ったね」

きっとあの国では、電気を帯びた鉱石が取れるのだろう。

それを【付与魔法】で自然放電しないようにしているんだ。

「こいつも電気ってやつか？」

「多分、そうだね。ここに……入れるんだと思うよ」

台座の平たい石板の一部に空洞があり、魔法付与された鉱石はなくなっている。

おそらく……トルマリンだ。

綺麗《きれい》な石だから、抜き取って売ったんだろうな。

「ここに入れて……で、何が起きるんだ？」

「なんの説明もされていないのに買ったのか？」

「面白そうだったものですから」

「これ、湯沸かし器ですよ。きっと」

いわゆる、電気ケトルだと思う。

父さんが不思議そうに覗き込んでくる。

「火が点くのか？」

「いや、小さい雷を熱に変換してお湯を沸かすんだよ。やってみようか」

空いたスペースと同じ大きさの平たい石に、電気発生の【文字魔法】を付与。

プレート状の台座にセットする。

多分、このプレートに電気を熱に換える魔法が付与されている。

この石自体、特別な素材だろう。この町では見たことがない。

取っ手の付いた付属の入れ物があり、三分の一くらいまで水を入れてプレートに乗せた。

入れ物の下部に付いている切り替え装置を動かす。

「なんともならんぞ？」

「温まるまでちょっと時間がかかるけど、すぐだよ」

一分もしないうちにボコボコと音がし出して、あっという間に湯が沸いた。

どうやら正解だったようだ。

蒸気が出ると、自動的にスイッチが切れるという仕組みもあった。

しかし、こんな物まで作ってるなんて凄いな、アーメルサス教国。

「こりゃあ……すげぇ……」

「いちいち火を点けなくていいし、沸かし過ぎて吹きこぼれることもないな」

「でも、いっぺんに沢山は沸かせないし、すぐに使う時じゃないと保温はできないよ」

「これ、何個か作れないか？」

……作れるけど、面倒。

「うーん……この仕組み自体を作り出すのは、シュリィイーレの素材だけじゃ無理だと思う」

まあ、電気を使わなくても、プレートに乗せるだけで温まるようにできなくもない。

でも【文字魔法】を使ってもかなり、面倒な魔法付与になりそうだ。

「タクトの言う通りだな。こりゃアーメルサスの特産品がかなり使われとるようだ」

「くっそー！　儲《もう》かるかと思ったのにー！」

アーメルサス特産の電気を帯びた石を使うことで、他の国が作れないようにしているのかもしれない。

商品開発は別の所に頼んでくれよ。うちは、修理が専門なんでね。

その後、なぜか複数の客達から『珍品改造魔法師の店はここかい？』って聞かれた。

誰だよ、それ。

○

食堂の方は、昼時は相変わらずの混みっぷりで大わらわだ。

でも、最近は昼過ぎも少し混み始めた。

母さんがランチタイム過ぎの一刻半……だいたい三時間限定でスイーツを出し始めたからだ。

俺が甘い物が食べたくて頼んだら、結構ノリノリで作ってくれたんだけどね。

材料の砂糖も蜂蜜も割と手に入るし、今の時期ならクリームも小麦も問題ない。

だとしたら、食べたくなるでしょ？


実は珍品修理のお礼にと、タセリームさんからココアを分けて貰《もら》えたのだ。

ココアは西のガウリエスタという国の更に南西の国のものだから、なかなか手に入らなかった。

でも、うちの国、イスグロリエスト皇国の南の方でもカカオの栽培が成功して流通し始めたのだ。

チョコレートのお目見えも間近！

なら、今作っても大丈夫じゃね？　と思って、なんちゃってチョコソースを作った。

これを母さんがやたら気に入って、焼き菓子に使ったら人気になっちゃったんだ。

店内でのみ提供しているので、女性客が随分入ってくる。

俺はかなり緊張しながら、給仕をする羽目になった。

……こんなに女性客が沢山いる店は、経験がないんだよ……

彼女達が興味があるのはスイーツだけってのは解っているが、男は気になってしまうのだ。

この町、こんなに女の子がいたんだな……

華やかな店内で、母さんも楽しそうなので取り敢えずそれでいいか。


「はい、おまたせ」

「美味《おい》しそうね」

「美味しいよ。乳脂《にゅうし》は追加できるからね」

俺は、精一杯の営業スマイルを作る。ううう、苦手なんだよな。

カルチャースクールの時も、おばさま達にすっげーからかわれた記憶があるし。

「あら、男のくせにこういうの食べるの？」

「……女だったら肉を食べないのかい？」

あ、やべ。つい反論してしまった……

「なによ、男が甘いものを好きなんておかしいわ」

「旨《うま》いものに、男も女も関係ないだろ。俺の母さんが作る物はなんでも旨いし、俺は大好きだよ」

いいじゃねぇか、甘い物好きだって。

それに『男のくせに』ってバカにするやつはムカつく。

思いっきり仏頂面で、俺は厨房《ちゅうぼう》に引っ込んだ。

お客さんに悪態ついてしまった……怒られるかな？

おそるおそる横目で見た母さんの顔は、すっげー笑顔だった。

よかった……聞こえてなかったのかも。

でもこれで、店内のお客さんの俺への印象は最悪だろうなー。

もう来てくれなくなっちゃうかも……ゴメンね、母さん。

「もうだいぶ落ち着いたから、大丈夫だよ。奥から工房にまわってふたりでこれ、食べなさい」

母さんがココアソースをたっぷり掛けた焼き菓子をくれた。

やったぁ！　うまそう～！

「ありがと、母さん」

「ほら、零《こぼ》さないようにね」

「うんっ！」

父さんもこれ、大好きなんだよな。

スイーツ男子、最高！

その頃の食堂内

「あの娘、ばかねぇ」

「ホント、気を引きたいなら、あれはないわ」

「お母さんの料理好きなのね……どんな味なのかなぁ」

「今度は昼もここで食べない？」

「うん、そうしよ！」


「あたし、お菓子作りやってみようかなぁ」

「難しそう……このお菓子より美味しくなんてできる？」

「無理かなぁ。でも、あげたら食べてくれそうじゃない？」

「母親の料理を褒めたら、笑ってくれると思うのよ」

「でも笑顔とか向けられたら……恥ずかしくて、何も言えなくなっちゃうよ……」


（どうしたら、お話できるかしら……）


「あんな風に大好きって言える男の子っていいよね」

「うん、恋人とかも大事にしそう」

厨房

（タクトは全然、気付いてないのよねぇ……あの子、本当に鈍感なんだから……ふふふっ。あたしの料理が大好きだなんて。ふふふっ）

○

本格的な冬になる前に、父さんと鉱石系の素材を取りに行くことになった。
父さんの使う修理用の素材と、俺の分もちょっと。
【文字魔法】でも出せるんだけど、あちらの素材は純度が高過ぎる。
そして、俺の残高がドカンと減る。
あちらの預金は、絶対に全てコレクションに使うと決めたのだ。
こっちで調達できる物を、わざわざ買うなんて以《もっ》ての外《ほか》である。

碧《あお》の森と錆山《さび》は、冬になると入れなくなる。
魔獣はほぼ出ないが、地形的に危険な場所が多いので何人かでまとまっていく。
今回はデルフィーさんの案内で父さんと俺、そしてルドラムさんの四人だ。
デルフィーさんは碧の森にとても詳しくて、俺の石判定の上位互換の適性がある。
『鉱石鑑定』だ。
碧の森の鉱石は、主に水晶やゾイサイトなどがあるようだ。
錆山の麓では、質のいい鉄鉱石や銅が採れるらしい。
ルドラムさんには、もしもの時の護衛と荷運びをお願いしている。
がっちりした体型で、めっちゃ強そうだ。

魔獣が出た時のためだが、殆《ほとん》ど襲われることはないのでメインは荷運びの方だ。

勿論《もちろん》、俺も荷運び要員である。まだまだ俺には、鉱石の選定は難しい。

重いものだし、品質が劣る石まで持ち帰る余裕はないから目利きは大事だ。

……その点、俺にはアドバンテージがある。

また、二重鞄《かばん》を用意してあるのだ。

コレクションにしまえば、楽勝で大量に持って帰れる。

だから、自分用のをたくさん拾っていこうと思っているのだ。

もちろん、なるべく良い品質のものは頑張って選ぶけどね。


森に入る前、デルフィーさんとルドラムさんにお守りを渡した。

「お守り？」

「そう。無事に行って、帰ってこられるようにっていう守護札が入ってるんだ」

「俺とタクトが首から提げてるやつと一緒だぞ。ほれ、これだ」

父さんには随分前にあげたけど、ずっと着けてくれてるんだよね。

俺はコレクションに入ってるから必要ないんだけど、みんなに見せるために提げてきたんだ。

「必ず身に着けててね。割と効くんだよ、この守護札は」

「ははは、神頼みするほどのことじゃねぇよ」

ルドラムさんは実力主義なのかな。

「神様だって守り札を持ってる人を贔屓《ひいき》して、いい鉱石が拾えたりするかもしれないよ？」

「なるほど、そりゃいいな。採取は運任せなとこもあるしな」

そうそう。そのくらいのスタンスでいいんだよ、お守りなんて。

実はこれには『物理攻撃無効』『毒無効』『身体浄化』の【文字魔法】を書いた札が入っている。

万が一、何か起こらないとは限らないからね。

身に着けててもらえれば、ダメージが完全に無効にならなくても軽減はされるだろう。

デルフィーさんとルドラムさんに渡したのは、効果が一日限定だけど。

そして何かあった時にすぐに使えるように、治癒系の札も何種類か作ってある。

備えあれば憂いなし。小心者はこれくらいやらないと、不安なんだよ。


採取は順調だった。

碧の森は起伏の多い地形で、沢から登った高台の崖辺りが今回の採掘ポイントだ。

今の時期は採取、採掘で森に入っている人も多い。

だから、そんなにいい物は残っていないかと思ってたんだけどそうでもなかった。

「ちゃーんと鑑定できりゃ、取りこぼしがなくなるのさ」

デルフィーさんの『鉱石鑑定』は、この町でもトップクラスだ。他の人が見落としてしまう物も、きちんと見分けられる。やっぱり、目利きは重要だよな。

「デルフィーさん、ここら辺はどうかな？」

「お、ここはいいぞ。中にいい鉱石が埋まってるな」

「すごいですね、デルフィーさんは中の鉱石まで鑑定できるんですか！」

ルドラムさんにも感心されてデルフィーさん、ドヤ顔だね。

「タクト、おまえはどこまで見える？」

「……んー……ここだと、水晶が入ってるなぁ……くらい」

岩肌に触って目を凝らしてみる。

「そんだけできりゃ上等だぜ。その水晶の量はどうだ？」

「そこまでは、解らないな……」

うーん、難しい。

「あたりをつけるにゃそれくれぇでいいけど、量が見当つけば効率的になるぜ」

「実際に掘らねぇと量は解りづらいからな、まぁこれからだ」

「俺にはさっぱりっすね。ただの岩壁にしか見えねぇや」

ルドラムさんに見えないのは当然だけど、達人ふたりとはまだまだ差があるなぁ。


水晶の採掘も終え、そろそろ帰り支度の時間になった。

ふふふっ、俺のコレクション内にも、たんまりいい石が入ったぜ。

この袋の中身も全部、でかいトートに入れて……コレクションの中にぽーん！

カモフラージュの袋は、背負っておかないとね。

ドー――ン

ドォーン

遠くで二回……爆発音……？

「いかん！　どっかのバカが、短気起こしやがった！」

「え……？」

「採掘に火薬を使いやがったんだ！　この辺りも崩れるかもしれない。すぐに離れるぞ！」

俺達は慌てて岩場から、登ってきた沢の方へ走り出した。

この辺は、崩れやすい砂岩が多い地質だ。早く離れないと……！

……なんだ？

なんだか、低い地鳴りみたいな音がしてる？

突然、足下が崩れた。

「うわっ！」

俺は、ルドラムさんに寄りかかるように倒れた。

差し出された父さんの手に摑《つか》まろうとしたが……届かなかった。

「タクト！」

「タクト！　ルドラム！」

俺とルドラムさんは、崩れた道の瓦礫《がれき》と一緒に崖を落ちていった。

○

結構……下まで落ちてしまった。

もう上から崩れ落ちてくる岩などはないので、爆発の影響は心配ないだろう。

俺は『物理攻撃無効』のおかげで何ともないけど、ルドラムさんは大丈夫かな？


少し離れた所に、ルドラムさんを見つけた。

瓦礫に埋もれてはいないみたいで、少しほっとした。

……意識を失っているのか？

ルドラムさん……お守りは……？

辺りを見回すと袋が落ちていて、中身が飛び出していた。

あった。お守りだ。袋の中に入れてたのか……

腰に提げていた袋が、身体から離れたから効果が出なかったのか！

俺は慌てて、ルドラムさんの状態を確認する。

背中から落ちたみたいだ。背負子《しょいこ》と落ちた時の衝撃で、背骨を痛めてる可能性が高いな。

とにかく、骨折と内臓は治してしまおう。あ、神経系も。表面の擦り傷や切り傷は、服が硬めの革でできた物だったからか大して酷《ひど》くない。お守りを持たせれば浄化するから、ばい菌も心配ないだろう。

ここまで治した時に、ルドラムさんの意識が戻った。

「ルドラムさん！　大丈夫ですか？」

「う……ああ……タクト？」

「ありがとう、ルドラムさんが庇《かば》ってくれたから、俺は全然、何ともないよ」

「そ、そうか？　……いててっ」

ルドラムさんが上半身を起こして、座り込む姿勢になった。

よかった、背骨と神経は大丈夫みたいだ。

「どっか、痛めましたか？　足とか、手とか動きます？」

「ああ、手首と足を……折れてはいなそうだが……」

「すみません、俺のせいで一緒に落ちちゃって」

「おまえのせいじゃないよ。この森で、火薬を使うやつがいるとは思わなかったぜ」

ルドラムさんは、立ち上がると少しよろけたがなんとか足は動きそうだ。

首回りとか、肩にも違和感があるのかな。ちょっと動かしては、顔をしかめてる。

筋肉までは治していないからなー。

「この程度で済んでツいてたな……タクトのお守りのおかげかもなぁ」

「えへへ」

ごめん、ルドラムさんには、全然役にたってなかったんだよ。

「ここ……どこいらへんなんでしょうね？」

「俺も、ここいらの景色は見たことがねぇな」

「そうだ、ここなら煙を出しても大丈夫だよね？」

「ああ、開けてるからな……何をするんだ？」

「狼煙《のろし》を上げてみようかと。父さん達が見つけやすくなると思って」

俺は【文字魔法】で近くの石に『発煙』を付与する。

真《ま》っ直《す》ぐ上に伸びるように、煙を吹き出した。

「タクトの【付与魔法】は強いなぁ。こんなに多くの煙が出たのは、初めて見たぜ」

「俺、魔力量が多いみたいだから、そのせいじゃないかな」

多分、イメージしたのが発煙筒だからだと思うけど。

たき火の煙だと、もっと牧歌的だもんね。


それから半刻、一時間もせずに父さんとデルフィーさんが俺達を見つけてくれた。

狼煙、効果抜群。

「タクト！　大丈夫か！」

父さんが泣きそうな顔で駆け寄ってきた。

「大丈夫だよ。ルドラムさんが護《まも》ってくれたからね」

「そうか、そうなのか？　本当にどこも怪我《けが》してねぇのか？」

「平気だよ」

うん、そういうことにしておこう。

その後父さんは、ルドラムさんにめちゃくちゃ感謝していた。

「本当によかったぜ、この程度で済んでよ」

デルフィーさんも安心したみたいだ。

「とにかく、早く戻ろう。まだ何があるか解らねぇ」

「まだ火薬が使われてるの？」

「振動が激しかったからな。時間が経《た》ってから、崩れることもある」

そっか、そりゃそうだよね。

ルドラムさんが背負っていた背負子は、俺が背負うことになった。でも、こっそりと中の鉱石を殆ど鞄に移動させてコレクションで運搬した。だって、ルドラムさんと俺じゃ体格違い過ぎ。絶対立ち上がることもできないよ、あのままじゃ。


そして俺達は、無事に碧の森から戻った。

森の入り口には、大勢の怪我人が倒れ込んでいた。

俺達より爆発現場に近かった人達だろうか……かなり深傷《ふかで》の人もいる。

俺は……複雑な気持ちで、その人達の横を通り抜けた。

◯

町に戻って、まずは医者に行った。

ルドラムさんの治療をしてもらって、念のため俺も診てもらった。

そのあと、みんなにうちまで来てもらった。

夕食をご馳走《ちそう》しようと、父さんが言ったからだ。

ルドラムさんの家も同じ方向だし、お礼がしたいからって。

勿論、案内といろいろ教えてくれたデルフィーさんにもだ。


事故があったことを知っていた母さんは、随分心配したみたいだ。

ずっと俺のことを抱きしめて、放してくれなくて困った……

でもルドラムさんが助けてくれたと話して、なんとか落ち着いてくれた。

「ありがとうルドラム！　これからずっとうちの食事、無料でいいからね！」

「いやいや、助けるのも護衛の仕事のうちっすから！」

「遠慮すんなよ！」

「いえ、ちゃんと報酬、貰いましたし！　荷運びは役にたってねぇし！」

ルドラムさんは固辞していたけど……なんていい人なんだろう。

俺だったら、ラッキーって絶対に乗っかるのに。

きっと母さんはルドラムさんが食事に来てくれたら、肉を多く乗せたり大盛りにしたりするんだろうな。

夕食も勿論、ルドラムさんだけかなりの大盛りだった。

でもあんまり派手にやると、ルドラムさんがうちに来にくくなっちゃわないかな。

夕食後、部屋に戻ってコレクションにしまい込んでいた鉱石を出した。
さて、どんな石があるか確認をしようかな。
俺の『石判定』は、たくさん経験を積めば『鉱石鑑定』になるらしい。
そうすると見え方が変わるというのだ。
鉱石の組成まで、見えるようになったりするのかな？
そしたら分解と再結晶を【文字魔法】でやったら、かなり純度の高い物ができるはず。
装飾品なんかに使えるほどの物ができたら凄いな。

実は母さんの誕生日が来月、弦月《つるつき》の十日だ。
その十日後が父さんの誕生日。
俺が採ってきた鉱石を加工した物で、なにか作ってあげたいんだよね。
もちろん、最高の魔法を付与して。
どんな石があるかな、早速鑑定&分解（練習）スタートだ！

帰り道、ルドラム回想

（本当に、俺が助けたのかなぁ……）
（確かにタクトの身体を支えながら、落ちたとは思うけど）

（でも、ずっと抱えていたわけじゃないはずだ……）
（だって、革鎧《よろい》の前面にも傷がある）
（それに……タクトは俺に、何かしていたような気がするんだ……）
（痛くて、倒れた身体を起こせなくて、意識が朦朧《もうろう》としていたけど）
（なんとなく……タクトが……俺の首とか、背中に何かを）
（うーん、でもなぁ。何もできないよなぁ）
（背負子を降ろしてくれただけなのかなぁ……）
（それにしても、なんでこんなに軽い怪我で済んだんだろう）
（本当にタクトのお守り、効いたんじゃないのかな……）
（あいつの【付与魔法】凄いもんなぁ。きっとこのお守りも）
（……うーん……でも、あの紙で加護なんて信じられねぇしなぁ……）
（うーん……）

（……今日の肉、旨かったなぁ。明日も行こうっと）

○

石の選別と鑑定に五日間もかかった……
一度に細部まで鑑定できなくて、ひとつひとつ時間を掛けて見ていたせいだ。

欲張って、採り過ぎたっていうのもあるけど。
これだけ魔法使ったからまた魔力量、変わっているかも。
身分証、オープン！
……手動だけどね。

・・・・・・・・・・・・・・・・・・・・

名前　タクト／文字魔法師《カリグラファー》
家名　スズヤ
年齢　21　男

在籍　シュリィイーレ

養父　ガイハック／鍛冶師
養母　ミアレッラ／店主

魔力　6157

【魔法師 二等位】
蒐集魔法《しゅうしゅう》　文字魔法　付与魔法　金融魔法　守護魔法

【適性技能】
鍛冶技能　貴石判別　金属操作　身体観察
・・・・・・・・・・・・・・・・・・

……知らないの増えてる。
【守護魔法】？
石判定の上位互換って『石鑑定』じゃないの？
『貴石判別』って、宝石とかの鑑定ってこと？
もしかして、俺は宝石を見つけやすくなったってことかな？
『身体観察』……医者みたいな……あ、回復系の魔法のせいか！
「……魔力量、増え過ぎだな」
一年で倍増はおかし過ぎる。
普通は一年だと、凄く頑張った人でも二百増えるかどうか……ってところらしい。
表示は『２４５０』くらいにしておくか。
増えたり変わったりしたやつは独自のものかな？
表示制限、オン！
・・・・・・・・・・・・・・・・・・

名前　タクト／文字魔法師《カリグラファー》
年齢　21　男
在籍　シュリィイーレ
養父　ガイハック／鍛冶師
養母　ミアレッラ／店主
魔力　2450

【魔法師　二等位】
文字魔法　付与魔法

【適性技能】
鍛冶技能　石鑑定

・・・・・・・・・・・・・・・・・・・

あ、いろいろ消えた。適性も独自のものがあるのか……『石鑑定』なら『鉱石鑑定』の前の適性だから解る。でも宝石の鑑定士は『貴石判別』じゃないのか？

いないのかな、宝石特化の人って。

まさか『金属操作』が独自だとは思わなかったな……操作と加工は少し違うのかもしれない。

この【守護魔法】は、お守り製作のせいか？

神官辺りなら持っていそうなのに、これも独自とは。

てか、医者も『身体観察』持ってないのかよ？　持ってるのは『診察』とかなのか？


あ、今、気がついた。

魔法師二等位に上がってる！

そうか、たくさん魔法使ってるもんな。ほぼ実験で、だけど。

まだ実社会に、あまり役にたってないけど！

……それにしても、本当に俺、この魔法とか適性とか使いこなせるのかね？

もの凄く、宝の持ち腐れ的な気もしてきた。

でも好きなことを好きにやってて貰えたものだから、いいのかなー。

取り敢えず、母さんと父さんへのプレゼントのデザイン考えよう。

◯

ずっと、母さんと父さんの誕生日に何をあげようか迷っていた。

「ペンダントとかにしたかったんだけど……」

身分証も首からかけてるから、ペンダントはあまりよろしくない。

ふたつも提げるのは肩も凝るだろうし、ぶつかったり、仕事中に邪魔だ。

なので、その身分証のケースを作ることにした。

中に入れたプレートの、名前が記載されている方が見えてればいいんだし。

今のケースも、両面見える訳じゃないしね。

丈夫さ優先の金属製のケースは男の浪漫《ろまん》心をくすぐるが、女性には無骨過ぎる。

まぁ、そういうのを身に着ける女性ってのも、服装によっては格好《かっこ》いいんだが。

こちらの世界の日常的な服には、ちょっと合わない気がするんだよ。

やっぱ、可愛いのとか綺麗なのがいいと思うんだ。

カルチャースクールにはアクセサリー作りもあったから、やったことあるんだよね。

父さんのもカッコイイ感じで仕上げれば、使ってくれると思うんだ。


「まず……土台は、チタンかな？」

実は錆山麓近くで採れる物の中に、チタン鉄鉱が含まれる岩石がかなりあった。

チタンならアレルギーも起こしにくいし、良いと思う。

錆山には他にもレアメタルが多くありそうだが、ボーキサイトのように粉塵《ふんじん》が危険な鉱物もある。

長い間、その粉塵を含んだ空気を吸っていると肺の病を患うらしい。

まだ錆山には入れないが、行く時は気をつけなくちゃな。

魔法で組成分解し、チタンを取り出す。魔法ってホント便利。

今持ってるケースの形を参考にしながら、スライド式のケースを作った。

その裏側に装飾をしていく。いわゆる『デコる』ってやつだ。今ある物にデコってもいいかと思ったんだけど、一から作りたいし。土台にもちょっと、工夫をしたい。

飾りの石は素材を魔法一発で形を整えるより、小さい欠片《かけら》を使って形を作っていく。

ベースにする硝子に、青めの石英を混ぜる。均一ではなく角度によっては青から紫っぽく見えるように。石英、水晶などからピンク色の物と青っぽい物を分ける。

桜の花の形にくぼみを作った、その硝子の中に詰め込む。

こうすると光の当たる角度でキラキラすると思うんだ。


デザインや素材も何度も変えたりして、何個も試作品を作った。

そして、ようやく納得できる物になった。

最終的な組み上げの前に、魔法を付与する。

「えっと、物理無効と毒無効、浄化は当然として……」

あちらの世界の俺の両親は、事故であっという間に命を奪われた。

不慮の事故は、防ぎようがない。だから、怪我をしない、しにくいように。

そのための魔法は、家族には必ず身に着けていて欲しい。

「ルドラムさんの時みたいに、身体から離れないようにしなきゃ」

チェーンを切れないようにすることも考えた。

でも、もし何かに引っかかって、首が絞まってしまった時には切れない方が危ない。

たとえ切れても、絶対に身体から離れないようにしないと。身分証をなくさないためにも。

作った石は台に覆輪留《ふくりんど》めにするから、その裏側に文字を書きたいんだ。

小さい物に書ける文字数は限られている。

だが、実は空中文字にはとても便利な機能があったのだ。

「細長い紙……あ、紙テープがあったな」

幅一センチ程度の紙テープに、空中文字で書いていく。

そのテープを文字が内側になるようにして輪っかにする。

「で、縮小……っと」

輪の内側にぴったりと嵌《はま》るサイズに縮めてはめ込む。

別のテープに空中文字で『外側へ転写』と書いて輪にし、その入れ込んだ紙に触れさせる。

これで台の覆輪内側に【文字魔法】が転写されるのだ。

「ふっふっふっ、成功だな」

本当は縮小などせずに書いたものをそのまま付与したいところだ。

しかし、あまりに小さ過ぎたり、そもそも書くことが困難な場所では仕方ない。

飾り石に『耐熱耐火』『防汚』『破壊不能』『持主指定』も付与してある。

そして、チェーンを通すバチ環の裏に特別な魔法を。

過保護なくらい守護系魔法のオンパレードだぜ。

○

母さんの誕生日。

できあがったケースをあげたら、もの凄く喜んでくれた。

すぐに入れ替えて、首から提げてくれた。

う、父さんにちょっとジト目で見られた。

「父さんのもちゃんと作ってるよ。誕生日までには間に合うから待ってて」

「なんだ、そうならそうと言えよ」

途端に笑顔だ。簡単だなぁ、父さん……

「綺麗だねぇ……タクトがこんな物、作れるなんて……」

「結構たくさん試作品作ったからね。一番綺麗にできたのがそれなんだ」

「……これ、魔法が付与されてるのか？」

「うん、いろいろね」

「いろいろ……？」

ふふふふ、一部抜粋で説明しちゃおうかな。

「全体を強化してる。汚れと熱にも強い。滅多《めった》なことじゃ壊れないよ」

母さん自身に耐性がつくとかは……黙っとこう。

やり過ぎって言われそうだから。

「それと、鎖が切れても落とさないようになってる」

「どう……やって？」

「まず、身分証が入ってる状態で、石の方に母さんの魔力を流してみて」

これで『持主指定』が発動する。

「このケースは、母さんの専用になった。もう他の人には使えない。ちょっと貸して？」

俺はケース本体から鎖を抜いて、テーブルの上に置いた。

ひゅっ

ケースが自動的に、母さんの胸元に張り付いた。

「な、なんだ？　何が起きた？」

「急に張り付いてきたよ？　あれ、取れないね」

「もう一度母さんが魔力を流せば、母さんにだけは取ることができるよ。でも他の人には取れない」

鎖から外れたら、持主の身体に張り付く。

そして、取るにも持主の魔力が必要になるように設定した魔法だ。

「役所なんかで渡す時は取り出すから他の人にも身分証は持てるけど、取り出せるのも母さんだけ」

魔力は人によって波動だかが違い、個人が特定できるものだ。

なので、それを利用した生体認証魔法《セキュリティ》を作ったのだ。

「すげぇ……こりゃあ、スゲェ魔法だな」

「そうだね……初めて見たよ。タクト、ありがとうねぇ！」

「万が一の時も、なくさないで済むよ」

会心のできですよ、今回のケースペンダントは。

「硝子と……水晶か？　こんなに細かい物を組み合わせて……よく作ったもんだ」

「本当だねぇ……ほら、灯《あか》りに当てるとキラキラして、宝石みたいじゃないか」

ピンク色の水晶は、ローズクオーツの欠片。

台座の覆輪留めでも、光が反射するからね。

「昼間はもっと綺麗だよ。表に出してても」

「そうだね！　身分証入れって不格好で隠していたけど、これは見せびらかしたいねぇ」

やっぱり、アクセサリーは好きなんだな。

あまりしないから、ちょっとだけ不安だったんだよ。

「似合ってるぜ、ミアレッラ」

「そ、そうかい？　こんな宝石みたいなの、初めてよ」

「凄く似合ってるよ、母さんに」

こんなに喜んでくれて嬉《うれ》しい。

実はまだサプライズがあるんだけど、父さんの誕生日まで黙っとこう。

ちょっと照れくさいしね。


十日後の、父さんの誕生日。

今か今かとソワソワしてる様子だったから、朝食のあとすぐに渡した。

母さんは桜の花にしたけど、父さんは仕事道具のデザインにしようとしたんだ。

でも、なんだかどっかの秘密結社のマークみたいになっちゃって却下。

それでも、金槌《かなづち》とかのデザインを入れたかったんだよね。

で、歯車模様も入れたら、スチームパンクみたいになってしまった。

だけど、見た目格好いいからいいやと思ってそれで決定。

鉱石の中にルチルクオーツの欠片も沢山あったので、金色っぽい物を選んで使った。

ベースの硝子は母さんと一緒だけど、黒曜石を使って引き締める感じに。

……といっても、やっぱりもの凄く中二病的なデザインだ。

父さんはめちゃくちゃ喜んでくれた。どうやら凄く気に入ってくれたようだ。

よかった……

では、最後の種明かしをしよう。

「ねぇ、父さんも母さんも、半分だけ身分証をずらして、光に透かして見て」

「ん？　光に？」

「こう……かねぇ。あ、あら……」

「こりゃあ……」

台座のチタンの一部を、薄く削るように文字を入れ込んだんだ。

勿論、こちらの文字で。

内側が凹《へこ》んでるから、外からじゃ解らないようになってる。

『愛する母に心からの感謝を』『愛する父に心からの感謝を』と。
あれ？　ふたりとも……固まってる……？
え？　ちょっと恥ずかし過ぎたか？　引いてないよね？
無言で泣いてるふたりにガシガシ抱きしめられ、頭をなでられた。
そっかぁ、感激してくれていたのかぁ。
でも、ちょっと力を抑えて……手を弛《ゆる》めて欲しい、かな。
く、くるしい……

○

ケースペンダントの試作品を数えたら、三十五個もあった。
……凄く作ったもんだな。特に父さんのは、色とかデザインを随分変えたし。
母さんのタイプも花の形が違うものとか、表面の形状が違うものとか。
うーん……壊して素材に戻すのもいいんだけど……
あとちょっとで、完成品になるんだよな。
そのことを父さんと母さんに話したら、売ってみたら？　と言われた。
食堂の一角に置いてもいいと。
それじゃあ、仕上げようかなぁ。

勿論、持主に付く耐性とかセキュリティの魔法の付与はしない。
表面に、強化した硝子を使うくらいはするけどね。
魔法付与をした物を売るには、魔法師組合の許可がいるからだ。
そーだ、折角《せっかく》だしナンバリングしておこうかな。
限定モデルっぽくて、イイ感じじゃないか？
なんてな。
売れなくてもいいし、売れたらラッキーってくらいだ。
食堂に置くと壁の一角だけでも、なんかキラキラして雰囲気変わるかも。
あ、ちょっと前に試しで作った燈火のミニチュアも置いてみよう。
電池になる物を入れていないから燈火としては使えないけど、インテリア的に。
価格は……両方とも材料費と、手間賃ちょっとくらいでいいか。

なんと、即日完売であった。
燈火のミニチュアまで、全部売れた。
スイーツタイムの女子達が見つけるなり、購入していったそうだ。
そっか、みんなあのケースだと表に出したくないって思っていたんだな。
それとも、価格設定が安かったからかな。
まぁ、試作品だし、クオリティもそこそこだから高額設定できないよ。
プチプラアクセってのは、使いやすいらしいしね。

カルチャースクールのおばさま達の話に、よく出てきていたよ。
娘さんが、安いアクセサリーをいっぱい持ってるって。
売上げは全部、母さんが俺にくれた。
「タクトが作った物が認められたんだからね」
そう言ってくれて。
これでまた素材を買って、ふたりになんか作ろう。何にするか考えとかなくちゃ。
そうだ、俺、自分のケースペンダントも作っとこうっと。
強化とセキュリティ魔法の付与だけでいいから、すぐできるし。
デザインは……スチームパンクに桜を合わせたものとかにしようかな。
ちょっと、痛いか？
ははは。

さて、ものづくりはこれくらいにして【文字魔法】の可能性の模索をしよう。
転写が使えるようになって、格段に利便性が増した空中文字。
まだ俺は、こちらの言葉での付与はしたことがない。
紙に書いた時も含めて、どんな違いが出るのだろう。
「まずは……物品を出せるかどうか」
こちらで、俺が触れたことのある物はまだ少ない。
あちらほど、ありとあらゆる物がある訳じゃないからだ。

食べ物……素材とかなら、違いがわかりやすいかも。
紙に、こちらの文字で『アルーケパ』と書く。
玉ねぎのことだ。いつも母さんが使う、小振りで少し細めの玉ねぎが現れた。
その国の言葉で書くと、その国のものが出るのはこちらの言葉でも同じらしい。
空中文字でも、この原理は変わらなかった。
石に『水晶』と付与すると、日本で見た水晶の固まりに変わる。
こちらの文字で水晶の『ツァイト』と付与すれば、この間採取した物になった。
やっぱり、見たり触ったりした物にしかならない。
しかも、その言葉を使う場所での経験に基づくようだ。
変化させた物は……鑑定したらどう見えるのだろう？
石鑑定で、ツァイトにした物を見る。
「……ちゃんと水晶に見えるな。でも……」
付与した文字が光って見える。
こちらの言葉で付与するなら、鑑定されたら読まれること前提だな。
実は空中文字は読ませないように、目くらましを掛けられることが判った。
付与する言葉を書いたあとに『(透)』と書くと文字が見えなくなる。
だが、効果が消えたわけではない。
しかし、魔法による鑑定は、誤魔化《ごまか》せないということだ。
ならば知られたくない内容の付与は、あちらの言葉にすべきだな。

漢字、英字、アラビア文字など混ぜれば余計に解らないだろう。

書体で、判別させにくくすることもできる。

読ませるための文字を、読ませないために使うって変な感じ……

○

暫《しばら》くして、ラドーレクさんから呼び出された。

何もしてないんだけどなぁ、最近は。もしかして、何もしていないからいけなかったのか？

「実は、これのことなんだけどね」

「……燈火の模型がなにか？」

この間、店で売ったミニチュア燈火だ。

「これに魔法を付与して、使えるようにした物を売って欲しいと言われてててねぇ」

「なんでこんな物が？　普通の燈火より小さいし……」

「それが良いらしいんだよ」

ダウンサイズがいいって言うなら、普通のやつの小さいタイプでよくない？

なんだって白熱電球型の模型がいいのか解らん。

「この間、碧の森と錆山で、爆発崩落事故があっただろう？」

「はい」

「春になったらもう一度坑道を掘り返すらしいんだが、その時に使いたいようなんだ」

「なんで今までのものじゃまずいんですか？」

【付与魔法】で火を点けているとはいえ、燃え続けるのには空気が要る」

あ、そうか。白熱電球型なら空気は要らない。

その上、引火しやすいガスが出てしまっても爆発しにくいってことか。

「坑道の奥に行くほど、火は危険だから……ですか？」

「その通り。タセリームに聞いたんだけど、タクトくんは、これを使えるようにできるんだろう？」

「できますけど……仕組みは簡単なので、他の方が雷の魔法を付与すればいいだけですよ？」

十五センチほどのミニチュアとはいえ、電球部分はちゃんと作ってある。

フィラメントも竹製で。

「その……雷系の魔法を使える者がいないんだよ、この町では」

「珍しいんですか？　雷って……」

「黄魔法の使い手は、どこでもあまりいないからねぇ」

ここに来て初めての言葉が出てきたぞ。

「黄魔法……って、なんですか？」

「魔法は属性ごとに分かれているじゃあないか……え？　知らなかったのかい？」

「はい。属性っていうのは、なんとなく解りますけど……分類方法が……」

「そうか、君がいた国では違うのか」

そして、ラドーレクさんが、ざっと教えてくれた。

赤属性魔法……火・土・金属系の魔法
　石加工や金属鑑定なども含まれる。
青属性魔法……水・風・空気系の魔法
　水質鑑定なども含まれる。
緑属性魔法……植物・動物に限定される魔法
　動植物の鑑定。医療系も含まれる。
黄属性魔法……雷・回復系魔法
　大量の魔力を必要とする魔法。浄化・解毒なども含まれる。
白属性魔法……各色以外の無属性魔法。
　状態維持・耐性などの魔法。独自魔法・付与魔法も含まれる。

……思っていたのと全然違う。

「君が水を出す時に青い文字を書いていたから、てっきり知っているとと思っていたよ」

「偶然です……」

魔法って、色が関係しているのか？

そうだ、前に色別検証したのは『物品を出す』だけだ。空中文字では、やったことがない。

正しい名称さえ書けば物品は出てきたし、現象も起こせたから関係ないと思っていた。

色によって、付与される属性の効果が変わる可能性がある。

これは……いろいろ試してみないと！

色は、俺のインクは、百色以上あるんだから！


「【付与魔法】が無属性になっているのは、他の魔法もほとんどが使えるからなんだよ」

「他の属性を……ですか？」

「勿論、その属性の適性を持っている人ほど熟練はできない。だけど、魔力量の多さで、なんとか第四位くらいまでならね」

「適性は、何種も出るんですか？」

「人によるね。だいたい一種か二種。君にも【付与魔法】と赤属性が出てるだろ？」

「はい……」

「それらは熟練すれば、特位まで使える可能性がある。でも他は普通なら使えないか、使えても初歩の第五位がせいぜいだ」

「付与魔法師は、魔力量でゴリ押しができるってことですか……」

「ははは、そうだね。かなり頑張れば、だけど」

「それじゃあ、赤属性なら、赤い文字で付与するのが普通なんですか？」

「その属性の魔法色で呪文《じゅぶん》を書くこともあるけど、魔法の発動とは関係ない。威力は増すがね。属性を解らせないように、黒で書くことが多いね」

「そっか……込めた魔法自体に属性があるから、文字の色は関係ないのか」

「君が前に使った……えーと『ゴフ』？　だったか。使ったあとに色が抜けた所の模様も、赤だったんじゃないのか？」

あ、いや、あれは……すんません……忘れて欲しいです……

「そうじゃなければ、いくら赤属性持ちでも、君があの威力の魔法を、魔力を全く使用せずに出すなんて、不可能だしねぇ」

ほんと、ごめんなさい……

「でも、たとえ付与魔法師でも、黄魔法の使い手はほぼいない」

うわー……【回復魔法】も使えるとか絶対に言えないぜ……

「この燈火に必要な雷魔法は、ごくごく小さいモノなんですけど……」

「できるのは、君だけなんだよ！」

「えっと……この燈火自体も、誰も作れない……とか？」

「その通り！　これは初めての君への正式依頼だ。頼めるよね？」

お世話になってるラドーレクさんにそんな顔されたら断れる訳ないです。

「解りました……何個くらい必要なんですか？」

「取り敢えずは十個かな。その後は……」

「待ってください！　そんなに沢山は作れません！　せいぜい頑張っても十五個が限界ですっ！」

物作りにそんなに時間を割きたくない！　俺は、文字書きなんですよ！

素材もそこまで持ってないし。

「んー……そうかぁ……じゃあ、合計で十五個。お願いするね。二、三個早めに渡してくれると助かるなぁ」

「……はい。じゃあ、でき次第持ってきますね」

「うん、頼むね。来月の中頃までに、全部揃《そろ》えて欲しいんだ。よろしくね」

すぐにでも色でどうなるかの検証したいのにーっ！

ソッコーで作るぞ！

○

「じゃあ、さっさと燈火を作っちゃうか」

魔法師組合から帰った俺は、その日のうちに作業を始めることにした。

宿題は、早めに片付けるタイプなのである。

一度作ったモノは、作る工程からできあがりまでの手順《レシピ》を書いてある。

その紙の上に材料を乗せると、自動でできあがるようにしてあるのだ。

パーツごとに作るので、あとは組み上げて魔法付与すればおしまい。

プラモデルを作るより簡単な作業だ。

ミニ燈火をサクッと作り上げた俺は、二日後に三個だけ納品することにした。

あとは日をおいて、少しずつ持っていく。

できたからといって早めに全部納めてしまったら、余力があると思われてしまう。

そして次からは常に、ＭＡＸスピードが要求されるようになる。

なので、できたとしても設定された締め切りより早くは渡さないのだ。

社会人としての悪知恵……もとい、自己防衛である。

さて、色別の検証に入るぞ。

俺は何色かのインクを、数本の万年筆に充塡《じゅうてん》した。

「まずは同系統の色で同じ物に付与して、どんな違いが出るか……」

明度や彩度の違う赤系のインクで、石に空中文字を書いてみよう。


「なんとなく、法則は解ったような……」

何度となく繰り返して解ったこと。

・明度が上がると少ない魔力で発動できる。だが、持続時間が短くなる。
・彩度が上がると威力・効力が強くなる。だが、持続時間が短くなる。

魔法の使用時間指定をしなかった場合だ。

彩度が高いと使用指定時間を区切っても、その時間内ずっとは効果が続かない場合もある。

ただ、その魔法のもともとの持続時間が魔法によって区々《まちまち》なようである。

継続させたい効果の魔法については、定期的に書き直す必要がありそうだ。

これは【付与魔法】と同じだろう。

そして、紫とか黄緑などの混合色は含まれる色の割合で、どちらの効果が強くなるかが決まるようだった。

岩石に『硬度変更』と、具体的に指定せずに書く。

赤紫では、もとのものよりほんの少し柔らかくなったように感じる程度。

でも青紫だともう少し弾力がある感じの、硬めのグミくらいまでになった。

「混色だと、色味で性質が変わる可能性があるってことか？」

もっと青みの強い紫だと、どろりとした粘液みたいになるかもしれない。

使い方によってはかなり便利だ。

混色は混ざる色でどんな変化があるかは、やってみないと解らないみたい。

「できることが多過ぎて、効率を考えて使い分けるのも大変だな」

まずは原色を基本にして明度・彩度の変化を使いこなせるようにした方が良いな。

【文字魔法】ってのは、他にも細かく条件指定がありそうだ。

もしかしたら、書体でも違いが出るかもしれない。

楽しいけど書けば書くほど可能性が出てきてキリがないな。

ゆっくり検証していこう。

○

この世界にも、冒険者という人々がいるらしいことは聞いていた。

だが、シュリィイーレの町には定住している冒険者はいないので会ったことはなかった。

かつては居たようなのだが、元々この町で依頼など殆どないので引っ越していったようだ。

彼らは腕っぷしが強かったのだが、それゆえに問題を起こすことが多かったらしい。

職人さんってのは、頑固な拘《こだわ》りを持った人が多いからね。

その後、町では冒険者をあまり歓迎していない。

以前、ここにいたというやつらの印象が悪過ぎたんだろう。

この町にも、冒険者組合の窓口はある。

だいたいの組合事務所は町の中心に固まっているのに、冒険者組合は西門の近くのちっちゃい小屋みたいな建物で、従業員もふたりだけだ。

依頼もないので留守番だけだったり、誰もいない時さえある。

わざわざ討伐に出かける必要のある魔獣は、付近にはいない。

いたとしても衛兵隊と自警団で事足りる。

町も西側に突き出た形で開墾されている畑や果樹園も、堅牢《けんろう》な外壁に護られているので滅多に害獣は入り込まない。

そして冒険者に頼っていないからか、この町の自警団や衛兵隊はめっちゃ強い。

毎年、王都から新人騎士が研修に来るほどである。

ミニ燈火を納め終わって、もうすぐ坑道の整備が始まる頃にふたりの冒険者がやってきた。

どうやら他の町で出ていた、錆山にある素材採掘の依頼を受けたらしい。

冬の間、立ち入り禁止になっていた碧の森と錆山の開放日も、いつもの年ならもうすぐだ。

でも、今年は坑道入口付近が半分以上潰れてしまっている。

すぐに入ることは難しいだろう。

彼らは暫くこの町に留《とど》まって、開放日を待つようだ。

町の人達は……あまり彼らに関わろうとしない。

碧の森に近い北側に宿を取っているのだろう、うちの食堂に来ることはなかった。

……今までは。


冒険者とおぼしきふたり組が、うちにやってきた。男性と女性がひとりずつ。

どちらも、腰に剣を携えている。女性の方は、短剣も使うみたいだな。

それにしてもこの女性、派手な革鎧だなぁ。上から下まで真っ赤だ。

男の方も真っ青の胸当てをつけてる。自己顕示欲の強そうなおふたりさんだ。

この町で武器を持って鎧をまとうなんて、場違いもいいところ……食堂にいるお客さん達も、黙ってしまった。

睨《にら》み付《つ》けるようにふたりを見ているのは……ロンバルさんだ。

食堂を見回して、女性の方が大声を出した。

「ここの店に、おかしなものでも改造できるっていう鍛冶師がいるって聞いたんだけど？」

俺のことだな、これ。

あー、母さんの機嫌があからさまに悪いよ。

食堂を手伝ってた父さんも、口をきこうとしないし……

「別になんでもは改造したりしないけど……なにか？」

声をかけたら、女性の方が驚いたような顔で俺を見た。

「……子供が？」

「信用できないなら帰れば？」

「そういう訳じゃねぇよ、ダリヤ、そういう言い方すんな」

男の方は鷹揚《おうよう》にみせてはいるが、彼女の前だからだろうな。

表情が硬いし、どう見ても牽制《けんせい》だ。

左手が剣にかかってる。いつでも抜ける態勢ってことだな。

ダリヤ……という女性は大きく溜息《ためいき》をつく。

「責任も取れない子供に、仕事を任せられると思うの？」

「まあまあ、見せるだけ見せてみりゃいいだろ？」

「俺、あんた達の仕事を受ける気ないよ？　鍛冶師じゃないし」

「なによ！　鍛冶師でもないくせに、なんで改造なんてしてるのよ？」

「あんたには関係ないし、鍛冶師だって勝手に思い込んだのはそっちだろ」

「おい、随分生意気だな、てめぇは」

男はもう我慢の限界のようだ。こらえ性がないやつだな。

「もういいわ、この町の人って本当に性格悪い」

「……お互い様」

しまった、一言多かったな。


男が後ろから俺を殴ろうとする。

残念。バカでかいフォームのせいで丸わかり。するっと避《よ》けて男の正面に向く。

俺は『身体強化』をしているので、動きが素早くなっているのだ。

ふたり共、信じられないというような目で俺を見る。

だが、男がすぐさまもう一度拳を振り上げた。避けながら扉を背にする。

後ろ手にドアノブをまわし、殴りかかってくる男を避けつつ扉を開ける。

足も引っかけておこう。男は威勢よく転び、表に飛び出した。

「バドリー！」

女性がその男に駆け寄って表に出たので、俺も外に出る。

「あんたたち、出禁」

万年筆を取り出し、空中文字で『当店出禁』と書いて彼らの武器に付与した。

これで武器を持っている限りうちの店には入れない。

でも、冒険者が武器を持たずにうろつくなんてないだろう。


そして俺は、さっさと店に戻り扉を閉めた。

うーむ。こっちに来てから俺は、随分攻撃的になっている気がする……

もう少し、穏便にしないとまずいかも。

そう思いつつ食堂内に目をやると、お客さん達から大喝采だった。

「はっはっはっ！　凄いじゃないか、タクト！」

「いい気味だ！　あいつらうちでも横柄でムカついてたんだ」

「子供に殴りかかるなんて、なんて乱暴なんだろうね！」

「それにしてもあいつら、間抜けだったなぁ」

「タクトくん、つよーい」

……お客様に喜んでいただけたのでしたら、よいショーでした。


「タクト」

あ、父さん……母さん……

「相変わらずおめーは、無茶《むちゃ》しやがって」

「……つい」

「よくやった。胸がすっとしたわい」

父さん、頭なで過ぎ。痛いって。母さんは呆れ顔だ。

「はぁ……なんて短気な子だろうねぇ。あんまり危ないことは、しないでおくれよ」

「ごめん、でもここでグズグズする方が危ないと思ったからさ」

剣を抜かれたくなかったしね。

「タクトは……武術でも習っとるのか？」

「いや、何もやってないよ？」

やけにシリアスに聞いてくるな、ロンバルさん。なんかあるのかな？

「俺、戦うとか嫌いだもん。でも防御くらいはできるように、体力つけてるだけ」

「……そうか、それならいいが。腕っぷしが上がると、勘違いするやつがいるんでな」

「勘違い？」

「自分が強いっていう勘違いさ。強さなんてものを追うようになるのは……危険だ」

「物理的に戦うための強さは必要ないよ、俺には」

「そうか、そうだな。タクトは……大丈夫だな」

……大丈夫じゃないやつもいるってことか？

ああ、そうか、ミトカか。

ロンバルさん、あいつのこと心配してたもんな。

ミトカは……強くなりたいって思っているのかな。あいつが何をしたいかなんて、俺にはどうでもいい。でも、ロンバルさんに心配かけて欲しくはない。

それにしても、あのふたりの冒険者には町で会わないようにしたいな。

絡んできそうだし。また会っちゃったら俺ってば、絶対に睨んじゃいそうだし。

俺もこらえ性ない方だなぁ。

○

「え？　あのふたり、ペディールさんの所にも行ったのか」

「ああ、へんてこな道具を直してくれってよー」

夕食に来ていたペディールさんが、溜息を吐《つ》いていたので話しかけたら、原因はどうやらあのふたりの冒険者だったようだ。

ペディールさんの家は、以前見学させてもらった金属加工の工房だ。

衛兵隊に納品する小型の剣や、鏃《やじり》を作っている腕の良い武器職人だ。

「ペディールさんの所に持っていったんなら……武器？」

「多分なぁ……見たこともねぇやつで、使い方も見当もつかねぇものだったが」

この辺で見たことのない武器……か。

なんにせよ、そんなものの修理依頼なんて受けなくてよかった。

ん？　あのダリヤって人『改造』って言ってたかな？

「見たことねぇから直せねぇって言ってるのに、なら別の武器を安く売れとか理屈の通らねぇこと言い出しやがってよぉ」

「図々《ずうずう》しいやつらだな」

「ま、なんも売らねぇで追い返したけどよ」

きっとうちでも、直せなかったらなんか寄越《よこ》せとか言ってきたかもな。

ホントに、冒険者っていうよりごろつきだよ。

俺はペディールさんの皿に、おかわりのパンをのせながら呟《つぶや》いた。

「なんで冒険者って、そんなにいくつも武器を持ちたがるんだろう？」

いつも魔獣の狩りばっかりしてるのかな？

「あいつらは……人が入りこまねぇ所まで行ったり、墓荒らしなんかをすっからすぐ武器を駄目にしちまうんだよ」

墓荒らしって……あ、昔の墓？　副葬品とか入ってるのか？

俺は個人的には、たとえ学術目的だろうと、他人の墓にずけずけ入り込むのとか好きじゃない。

ましてや遺体を引きずり出したり、副葬品を展示したりなんてどうしても嫌悪感を抱いてしまう。

それに何千年経とうと、自分の家族の墓が見知らぬ誰かにほじくり返されたらと思うと腹立たしく感じるからだ。

まぁ、個人的な好き嫌いなので人には話さないけど。

「……やっぱ、俺は冒険者って、好きになれそうもないや」

「それでいいんだよ。あんなのが好きって方が、俺ぁ信じられねぇよ」

「ペディールさん、食べるの早いね。パン、もう一個いる？」

「お、いるいる。ここのは旨《うめ》ぇからすぐ食っちまってよ」

「タクトー、こっちもパン、おかわりくれよー」

「はい、はーい」

みんなよく食べるなぁ。嬉しいけどね。このパンは、俺が焼いてるんだよねー。

周りが硬めで、中がサクサクのフランスパンみたいなやつ。

柔らかいだけより嚙《か》み締《し》めるほど味がする、こういうタイプが好きなんだー。


一通りおかわりを渡したあと、ペディールさんの隣の席にいたルドラムさんに呼び止められた。

「タクト、またこの間くれたお守りっての、もらえねぇか？」

「あれ？　信じてなかったんじゃないの？」

「いやぁ、なんつーか……坑道の整備に加わることになってよ。やっぱちょっとまだあの場所、怖いっていうか……」

そうだよねー、結構派手に落ちたもんな。

ルドラムさんには、激痛の記憶もあるだろうし……

「じゃあ、気休めだけど作ってあげるよ。いつから手伝いに行くの？」

「明後日から四日間だな」

「随分、短いね？」

「交代制なんだよ。あそこはあんまり長時間いるとさ、呪われるっていうし」

そうか、錆山の麓も行くしな。

掘り起こすとなれば、ボーキサイトなんかの粉塵を吸い込む可能性もある。

きっとそれで病んでる人が、少なくはないはずだ。

確か、発症から亡くなるまでの期間も短くて、進行の早い肺の病だ。

だけど医師もいるし、防塵の魔具なんかもあるはず。

なのに時間を制限したりするしかないっていうのは、きっと俺が知っているあちらの世界の病気とは、違うものなのかもしれない。

原因がはっきりしていないから『呪い』なんだろう。

「わかった。じゃあ明日の昼までに作っておくよ」

「おう、悪いな。ちゃんと金は払うよ」

「いいよ、今回は。この前、助けてくれたお礼ってことで」

身体に悪いものを吸い込まないようにするのは難しくても、体内に溜《た》まらないようにしたりはできるはずだ。

原因がはっきりと解らなくても、もしかしたら俺の【文字魔法】で解毒……とか、身体に悪いものを取り除くっていう指示をしたら、少しは手助けになりそうな気がする。

魔法の組み立てを考えて、付与したものを渡してあげよう。

ちゃんと、身体に張り付く魔法も付けておかなくちゃ。


翌日、俺はルドラムさんにガッツリ守護系魔法を付与したお守りを渡した。

効果期間は、一ヶ月にしておいた。勿論、セキュリティも発動させておく。

「この袋に魔力を通してくれる？」

「ん？　何でだ？」

「そうするとなくさないで済むんだ。特別に付与してあるから」

「そんな魔法があるのか……やっぱすげぇなぁ、タクトは」
「じゃあ、お土産に錆山の岩とか持ってきてくれてもいいよ？」
「ははは！　そうだな！　少しくらいなら持ってこられるかもな」
やった！　錆山の岩は、いい素材が入っているものが多くて買うと高いんだよ。
俺は、まだあそこには入れないから嬉しいー！
錆山の採掘に入るには、年齢制限と技能制限がある。
成人していて『鉱石鑑定』を持っていないと入れないのだ。
坑道の整備に、一ヶ月くらいかかるらしい。
魔法を使うから、このくらいの期間で済むのだろう。
だが、その間にも有効な魔法の使い手は、何度か招集されるはずだ。
一回の期間が短くても、回数行くなら吸い込む粉塵の量も多くなる。
ルドラムさんは、お守りさえ持っててくれれば大丈夫だ。
でも、その他の人達も肺を患わないといいんだけど……
なんか、俺にできることはあるかな。表だって【回復魔法】なんて使えないし。
……考えてみよう。
俺は、この町の人達に健康で、幸せであってもらいたい。

○

翌日、俺は朝からある調査に出かけた。

この町の水源を探すのだ。水なら絶対に、全ての人が口にする。

この水そのものに、毒素や吸い込んだ粉塵を身体から取り除く効果を与えられないかと考えた。

他にもいい手があるのかもしれないけど、俺にはこれが一番いい気がしたのだ。


シュリィイーレの町の中に、川はない。

ローマ水道のように石造りの水道で、水を町まで運んでいる。

水源から町まで水を引いている、一番最初の場所に魔法を付与するのが一番効果的だ。

この町は町の中央から放射状に、メインストリートが八本ある。

水道は道の真ん中に埋められていて、そこから各家の井戸へと水路で水が巡っている。

だから水源から、まず町の中心まで水を運んでいるはず。

でも、山肌に沿って北側が高いから、そちら側は別ルートがあるかもしれない。

そのためにも、水源近くの方がいいんじゃないかと思うのだ。

「だけど、水源近くだけじゃなく、メインストリートの起点近くにもつけておきたいな」

一カ所だけで浄化してると、そこに何かあった時に対応できないと困るし。

二段、三段構えくらいにしておいていいと思うんだ。うーん、心配性だな、俺。


町の中心には教会・各役所・色々な組合などの公共の建物がある。

この地下に水がどこから運ばれているのか、表からは見えない。

水源を護ることは、町としても国としても重要だ。

絶対に争い事が起こらないとは言い切れないので、どの領地だって隠しておくものだ。

そして、魔獣などに荒らされないように護っているはず。まずは水源の場所確認だ。

一番の高台、北の錆山は……あそこは水が出ても飲用には向かないだろうし、北東側か？

北東側にも錆山よりは低いけどいくつかの山がある。

断層もありそうだし、あの辺りかも。

そういえば、東側の山は素材採取に行く人がいない。

「入山を制限……いや、禁止しているのか？」


東門の近くへ行ってみると、門から先の道が山側でなく、南側へ延びている。

東の山は大きな崖が見えているので、おそらくあっちが水源。

水源に近寄らせないように、道ができているのだろう。

一番近いのは北東門だが、門は施錠されており誰も行き来はできない。

見張りもいるから、北東門から外に出るのは無理だ。

北東門から東門辺りは南側より壁は低いが、土地の高さそのものが南側より高い。

隣町に一番近い門もここなので、衛兵隊が護っている。

魔獣の恐れは少ないけど、人の流れが多いのだろう。

多くの人と、馬車が行き交っている。

「タクト……？　どうした、こんな所で」

衛兵隊副長官のビィクティアムさんだ。ここら辺にいつもいるのか。

「こんにちは。こっちに来たことがなかったので見てみたくて……でも、外には出ない方が良いのかなぁ？」

「そうだな……ひとりなのか？　近くくらいなら、俺が付き添ってやるぞ？」

「いいんですか？」

「今は休み時間だし、少しだけなら構わん」

最高の護衛だ。ラッキー！

でも流石《さすが》に水源まで案内してとは、言えないよなぁ。

この近辺の様子見だけにしとこう。

○

東門を出て道なりに歩くと、壁伝いに少し南側へ行ってから東へと道が延びている。

南東門への道と、隣町へ向かう道の分岐まで来た。

振り返って東門を見ると、まだここいらへんまでは門から見えるみたいだ。

隣町へ向かう道は、ここから下り坂になっている。

おそらく水源から川が流れるとすれば、南へ落ちていくのだろう。

だから、水道で引き込む必要があったのだ。

「シュリィイーレは、計画的に作られた町なんですか？」

「ほう……どうしてそう思うんだ？」

「町に川も湖もないし、水が湧いている所もない。まず、水道が作られて町ができてから人が来た……みたいな気がしたので」

「よく見ているな。そうだ。この辺りは素材の宝庫だが、運び出すにはどの町も遠過ぎた」

なるほど。町の作りが整然としているわけだ。

農地もこの町での自給自足に問題ないし、非常用の備蓄も多い。

この町があることで、王都に素材や加工品が運びやすいんだろう。

そして、他から攻められにくい三方が山の地形。南西には魔獣の森と西に山脈、北には錆山。

開けた東南から南側は他国と接していない崖と海。

いざという時は、要塞にもなり得る堅牢な壁。

そりゃあ、水源の確保と維持は最も重要だ。

そう思いつつ北東の山側を見ていた。

……？

なにか、動いた。

「……どうした、タクト？」

「今、あの辺りに何かいた……赤いものが動いて見えた」

「赤……？　この時期に、赤シシなどいないし……」

また。今度は光った。反射したんだ。

「多分……あれ、獣じゃない。人だ。赤い鎧……あの冒険者だ！」

何故《なにゆえ》、冒険者が……？

俺は思わず走り出した。低い柵を乗り越えて向こう側へ……行こうとして止められた。

「駄目だ！　その山は危険だ！　我々が行くから、おまえは戻れ！」

「なら、一緒に連れてってください！」

「駄目に決まっているだろう！」

「この山に、道はないんでしょう？　あったとしても、あいつらがそこを通るとは思えない。でも、俺なら確実に跡を追えます」

ビィクティアムさんは、腕を掴み俺を引き寄せた。

「……跡を追えるとはどういうことだ？」

「あいつらの武器に、俺の魔法の痕跡があります。俺は、自分の魔法の気配を辿《たど》ることができる」

「おまえの魔法の痕跡？」

「ええ、うちに来て暴力を振るわれそうになった時に、防御で魔法を使ったので」

嘘《うそ》ではない。俺が付与した『出禁』は防衛だ。

「……わかった。案内だけだ。やつらが見えたら隠れろ。いいな？」

「はい」

あいつらが何をするためにここに入ったのかは解らないが、絶対にいいことじゃないのは確かだ。

ビィクティアムさんがすぐ東門の兵舎から数人の衛兵を呼び出し、一緒に山に入った。

やはり、道はなさそうだ。

「タクト、解るか？」

「はい、南に降りてから……東に真っ直ぐ進んでいます」

ビィクティアムさんは黙って頷《うなず》くと、俺を真ん中にして隊列を組み、その方向へ歩き出した。

急に下りがきつくなった所から、東へ曲がる。

微《かす》かに水音が聞こえる。そうか、やっぱりここいらが水源だ。

あいつら、水源に向かっている？　なんのために？

「そこを北に……」

「……！　足跡がある。たいしたものだな、タクト」

「もう少しで接触します。気をつけてください」


太い木々が生い茂る森から、少し開けた場所が見える。

木々の隙間から、人工的に作られた石組みが覗《のぞ》く。

そこは、コの字型の崖に囲まれた場所だった。

シュリィイーレ側からしか、ここに入ることは不可能だろう。

崖の中腹から水が湧き出して、滝が幾筋もできている。

滝壺《たきつぼ》近くに石壁と、引き込みの水路があった。

ここはシュリィイーレの、命の水が生まれている場所だ。

「動くな！　そこで何をしている！」

ビィクティアムさんの声が響き渡り、不審者ふたりは身体を強《こわ》ばらせた。

○

「冒険者が、何しに禁足地に入り込んだ？」

「……決まってるでしょう？　私達が来たのは、依頼があったからよ」

俺は石組みの塀に隠れて、水道の始まりの場所に近づく。

あいつらの視線は、衛兵達に向いてる。今のうちだ。

コレクションから昨日《きのう》魔法付与した鉱石を取り出し、水の中に入る。

水道の一部の石に鉱石を触れさせて、魔法を転写した。

以前は転写の命令を書いた魔法で指示していたのだが、俺の魔力を流せば空中文字を移動させられることに気付いたのだ。

そっと水から上がり、服と身体をこちらも準備してあった【文字魔法】で乾かす。

ほんと、備えあれば憂いなし。水に入ることを想定しておいてよかった。

「依頼……とは？」

「守秘義務ってのがあるから言えないわ。でも……この袋をここに投げ入れれば」

なんだ？　あれ？

「依頼は完了よ！」

あいつ、何を入れる気だ？　まさか、毒じゃないだろうな？

「空気圧縮！　封っ！」

青魔法発動の札を素早く出し、投げられた袋の周りの空気を固めた。


ポチャン！


袋は水路に落ちたが、中身は出ていない。

ふう、よかった。上手《うま》くいった。

浮いているから水路の端に引っかかっているみたいだ。

すぐには流れて行かなそうだけど……届くかな？

「あのガキ……！」

え、気付かれた？

声は聞こえていないはずなんだが……やべっ、身体が半分壁から出てる。

見えてるじゃん！

「もう終わったわ！　ここに用はない！　逃げるわよっ」

「あのガキだけでも殺してやる！　俺に恥かかせやがって！」

やつが構えたのは、あれは……銃だ。

改造って銃のことか！　使い方を知っているのか？　いや、壊れていたんじゃないのか？

そう思いながらも、慌てて壁に身を隠す。撃ってこない。やっぱり使えないのか？


建物の壁を回り込んでビィクティアムさん達のいる辺りを壁の陰から覗く。

ビィクティアムさんが、男に斬りかかるのが見えた。

女がその剣を受け、男は銃をビィクティアムさんに向け、構え直す。

他の衛兵達も、ふたりを囲むようにして捕らえようとしている。

だめだ、もし銃が使えるなら、危険過ぎる。俺は、男の銃が見える位置に飛び出した。

やつがニヤリと笑って俺に銃口を向け、撃鉄を起こした。

今だ！

「空気圧縮、栓！」

銃口を指差し、なるべく聞こえないように唱える。

男が引き金を引いた。


どん！


男の手元で銃が爆発した。男の悲鳴。

呆然《ぼうぜん》とするもうひとりを、ビィクティアムさんが取り押さえた。

「……間に合った……」

明度と彩度を両方上げ、原色に近い色で書くと発動時間が早くなるということに気付いたのだ。

この札の青は、最も発色のいいインクで書いてあったから間に合ったのだろう。


「君、だいじょうぶかい？」

衛兵のひとりが俺を気遣ってくれる。

俺が魔法を使ったとは、思っていないのだろう。

「はい、すみません、ちょっと邪魔しちゃったかも……」

「いや、こっちは大丈夫。怪我はしていないね？」

「平気です。ありがとうございます」

ビィクティアムさんは、少し睨むような視線でこちらを見ている。

……絶対に気付いたよねぇ。あとで聞かれるだろうなぁ。


「すみません、靴の紐《ひも》を結び直したら、すぐそっちに行きます」

「そうか、じゃあ向こうにいるから」

衛兵さんは、捕らえたふたりの方へと戻っていった。

俺は腰掛けて靴紐を直す振りをしながら壁に『転移目標・水源（透）』と黄色いインクで空中文字を付与した。

これはまだ試していないから、上手くいったらラッキーってくらいの魔法だ。

そして、壁の裏側から水路の方へ回り込み、あの女が投げ入れた袋を手元へと運ぶ。

空気の魔法で周りを囲ってあるから、この札で操作できるのである。

あ、文字の色が全部なくなった……袋を覆っていた圧縮空気も消えた。

いけね、地面に落としちゃったよ。ちょっと濡《ぬ》れたけど平気かな？

慌てて拾って、コレクションの鞄の中に入れておく。

効果時間がギリギリだったな。

やっぱり発動時間を早めるのを、色だけに頼る訳にはいかなそうだ。

魔法のもちが悪くなる。

最適解はまだまだだなぁ。

○

東門まで戻って来て、捕縛されたふたりはそのまま牢へと連行された。

俺は……ビィクティアムさんからの尋問タイムである。

東門にある衛兵隊詰め所の一室に、連れてこられた。

お菓子が出ているので、一応お客様扱いのようだ。

同行していた衛兵さん達は、ビィクティアムさんの斜め後ろに控えている。

「それでだ……タクト、まずはあいつらを追えたのは、おまえのおかげだ。礼を言う」

「いえ、ビィクティアムさんが信じてくれたからです。こちらこそ、すみませんでした」

「それと、おまえはあいつらが、何をしようとしたか解っていたのか？」

「いいえ、解っていた訳じゃありません。あの人達が色々な人に迷惑かけていたから、またなんかするつもりかと思ったんです」

色々……に俺も含まれてるので。

「あの袋……女が投げ入れた袋はどうした？　確認したか、ワイズ？」

ビィクティアムさんが、後ろの衛兵に確認する。俺を気遣ってくれたあの衛兵さんだ。

「いえ……見あたりませんでした。もう中身が溶けて、袋も流されたのではないかと思います」

「……そうか……」


ビィクティアムさんが、立ち上がって顎をくいっと動かした。

ワイズと呼ばれた衛兵を、脇のふたりが取り押さえた。

「う、うわっ！　何を……！」

「気付いていないと思ったか？　あのふたりを、あの山に通したのはおまえだ」

えっ？　ええええーっ？

「俺が追跡すると言った時に、おまえは既に山歩き用の靴を履いていたな？」

足下を見たらワイズ以外は普通の靴だった。

「そ、それは偶然ですよっ」

「朝の見回りは、おまえが北東門の担当だった。あいつらは北東門から入ったはずだ」

「北東門の見回りは……ファイラスも一緒で……」

「本日、私は先に東門に向かうように言われていました」

……あの人がファイラスさんか。即答だね。

すぐばれる嘘ついちゃって……もう、黒だって言ってるようなもんじゃん。

「それにあの男が、おかしな武器を俺に向けた時におまえはわざと身体をずらして、あの男からタクトが見えるように視界を開けた」

そ、そうだったのか？

でもそのおかげで銃口が見えて、ソッコー圧縮空気で栓ができたから、ある意味ファインプレーなんだけど。

「そして……あの袋の中身がどうして溶けてなくなるものだと知っていた？」

あ、そうだよ。誰も中を見ていない。

溶ける物なのか、そこに留まって何かを発生させる物なのか解らないじゃないか。

そっか、あの時ビィクティアムさんが睨んでいたのは、俺じゃなくてこいつだったのか。


「ビィクティアム副長！」

部屋に衛兵がひとり、入ってきた。手にコップを持っている。

「ご指示の通り、すぐそこの井戸から水を汲《く》んで参りました」

「ご苦労。下がっていいぞ」

「はっ！」

「飲んでみろ、ワイズ」

「……い、いえ……」

「飲めよ。戻ってから一口も水を飲んでないだろう？」

「いやだ！　飲めるか、こんなものっ！」

……自白、完了だな。マジで毒だったんだな。この町の人達を殺す気だったんだ。


「あの袋なら……俺が回収しました」

あ、ワイズが目を剝《む》いてる。そうだよ、あんた達の企《たくら》みは失敗だよ。

「俺が隠れていた辺りに流れてきたので、拾っておきました」

「……と、溶けなかったのか……？　なんで……」

俺は袋を開けずに、ビィクティアムさんに渡した。

袋を開けたビィクティアムさんは吹き出し、その中身をワイズに見せた。

「あいつら、バカだろう？　油紙に包んだままじゃないか！」

「へ……？」

「タクトがすぐに拾ったからだろうが、中は全く濡れていないぞ！」

ワイズの顔が真っ赤になった。

「あっの、くそ冒険者ぁぁぁっ！　あの方からの依頼を、下らないことで失敗しやがってぇっ！」

はい、終了。

「『あの方』ってのも吐いてもらうぞ」

ビィクティアムさんの凄味のある声に、今度は真っ青になったよ。

ワイズはそのまま連行、あのふたり同様牢屋行き……かな。

「さてと、こっからが本題だぞ、タクト？」

今度こそ俺の番かぁ……うー、胃の辺りがモヤモヤするぅ。

○

ビィクティアムさんの目の前に座って、質問に答えていく。

企業の圧迫面接よりはマシだろうが、緊張はする。

「タクト、俺が言いたいことは解ってるよな？」

「はい、魔法……のことですよね？」

「そうだ。おまえ、魔法を使おうとしたよな？」

ん？　『使おうとした』？　『使ったな』じゃなくて？

「で、失敗しただろ？」

「え……なんで……？」

「水でも出そうとしたのか？　おまえの足下が水浸しだった。飛ばすのに失敗して自分の足下に落ちたんだろ？」

あー、そういう解釈をしてくださったのですか！

確かに空気魔法は見えないし、圧縮して使うなんて考えないよねー。

水浸しだったのは水道の石に魔法を付与して、上がってきた時のだね。

「……あの男が使おうとしてた武器が、火を使って発動すると知っていたので……」

うん、俺は嘘は言っていない。ビィクティアムさんの勘違いを、否定していないだけだ。

「それで水……か。あの武器を知っているのか？」

「使ったことはないですし、持ったこともないけど……見たことだけはあります。実物ではなく、写し絵でしたけど」

写真とかテレビとか。モデルガンも触ったことはない。

「おまえのいた所にあった物か？」

「俺の国では、作ることも輸入も使用も所持も、禁止されていました。でも密輸されたりしていて、年に数人は……あれで殺されていると聞いていました」

「詳しい仕組みは？」

「知りません。だいたいの形と、火薬に火花を散らして爆発させた勢いで弾を飛ばす武器……ということくらいです」

「ここに、おまえが知っているものの絵を描けるか？」

差し出されたペンと羊皮紙に簡単に絵を描く。

……俺には絵心はないので、本当にだいたいの形だけだ。

「ふむ……やつが持っていた物と、ほぼ同じ形のようだ。構造は解らないのか？」

「解りません。触ったことがないので……聞きかじった知識も、今、話したことだけです」

暴発した銃は、原形を留めていない。銃口は勿論、引き金辺りも吹っ飛んでるだろう。

やつの指と一緒に。

それに、俺が描いたのは所謂《いわゆる》ピストルの形だが、やつが持っていたのはリボルバーだ。

暴発した時に、俺の近くにシリンダーが飛んできたので拾って隠した。

鞄に入れて、コレクションの中に。あのパーツがなければ、再現はほぼできないだろう。

「あいつら……うちに来たんですけど、物を見る前に追い出しちゃったんで、あれかどうか解らないですが、他の人の所にも直して欲しいと持って行っていたみたいです」

「そうか……元々故障していた可能性もあるのか。では別の誰かが直したのか……」

違う。多分壊れてはいなかった。

ダリヤという冒険者は『改造』と言っていたはずだ。

おそらく連射速度を上げるとか、威力を強くできないかとか、そういう改造を希望していたのだろう。

「うちで聞いた職人さんは、知らないものは直せないって突っぱねたみたいです。他の人も多分……」

「自分たちで直してみたものの、やはりちゃんと直せなくて爆発した……ということか。つくづく間抜けなやつらだな」

そういうことにしておいてもらおう。なんにしても、見過ごさなくてよかった……

これからは水源付近ももっと警戒・警備が厳しくなるだろう。

でも……なんで、この町の住人を殺す必要があったんだ？

○

「悪いが、もう暫くここにいてもらうぞ」

「まだ、俺に聞きたいことでも？」

もう話せることはないし、そろそろお腹《なか》空いたから帰りたいんだけど。

「おそらく、さっきのあの袋の中身は毒物だろう」

「はい……俺もそう思います」

「あの袋に触っただろ？　まぁ、大丈夫だとは思うが、おまえも俺も念のため毒に侵されていないか診てもらうから」

それもそうか。身体に付着していないともかぎら……ん？

診て……もらう？　それは診察的なもの？　鑑定的なもの？

どっちにしても、身分証提示が不可欠なのではっ？

やばい……最近チェックしてない。

いくら独自魔法が表示されないとはいえ、増えてたり変化してたりしたら言い訳できないものもあるかもしれない。

青属性が出てたら、更にヤバイ。

俺は『水魔法を失敗した』ことになってるのに、適性あったら不審だろ？

「あ、あの、じゃあその前に用を足してきてもいいですか？　実は、さっきからずっと我慢してまして……」

「ああ、そうか、すまんな。すぐ連れてきてしまったからな。右に行くとすぐだ」

「はいっ、ありがとうございます！」

「他の者に接触しないように、気をつけてくれ」

「はいっ！」

よしっ、個室に入ってすぐにチェックだ！


トイレは個室が四つほど並んでいる。一番奥なら、隣だけを警戒すればいい。

まずは表示偽装を書いてしまおう。

『赤属性の魔法・技能以外では【付与魔法】と【文字魔法】のみ表示』

これを先にコレクションに入れる。

身分証、拡大。

・・・・・・・・・・・・・・・・・・・・・
名前　タクト／文字魔法師《カリグラファー》
年齢　21　男
在籍　シュリィイーレ

養父　ガイハック／鍛冶師
養母　ミアレッラ／店主

魔力　２４５０

【魔法師 二等位】
文字魔法　付与魔法　加工魔法

【適性技能】
鍛冶技能　石鑑定　金属判別
石工技能

・・・・・・・・・・・・・・・・・・・・

……微妙に増えてるな。
この【加工魔法】ってなんだろう？　あとでラドーレクさんに聞こう。
こっちの『石工技能』はちょっと嬉しいぞ。
よし、これくらいなら問題なさそうだ。
さて、トイレも済ませておこう。したかったのも事実だしね。

部屋に戻ると、医師っぽくも鑑定士っぽくもない人が増えていた。

にこにこしてひょろっとした、細めのお兄さんだ。

飄々《ひょうひょう》としている……ってこういう感じなのかも。

衛兵隊の制服が、似合っていない気がする。

「こんにちは。タクトくんだね？　僕のこと、覚えてる？」

「いえ……どこかでお会いしましたっけ……？」

知らない。絶対に知らないぞ。

「何度か食堂に行ってるんだけど……そうかぁー」

「俺、人の顔覚えるの苦手で……すいません」

「いやいや、僕もあんまり存在感ないから仕方ないよ」

お客さんだったのか……全然覚えてなかったよ。

「彼は衛兵隊衛生兵のライリクスだ。医療魔法の使い手だ」

「よろしくね？　でも、君はもう確認済だよね？」

「え？」

「さっき、身分証……開いてたでしょ？」

なんでバレてるんだ？　まさか、見ていた？

「身分証を開くとね、魔力が一時的に大きくなるんだよね。この建物の中では魔力が動くと解っちゃうんだよ」

そういう建物とかっ！　反則だろっ！　これも【付与魔法】か？

建物全体に、そういう効果を付与しているのか？

「そんなに不安だったのかなぁ？　変な表示が出てるのが」

この人、どこまで『視《み》える』人なんだろう？

「でもほっとした顔で出てきたから、出てなかったんでしょ？　状態異常は」

「はい……」

中身を読めている訳じゃないのか？　いや、警戒は最大限にしておいた方がいい。

「そんなに怯《おび》えさせてしまったか……悪かったな、タクト」

「いいえ、ビィクティアムさん、大丈夫です」

「でもしっかりしているねぇ。いくら副長の前だからって、身分証出したりしないのは良いことだよ」

「……なんとなく……身分証見せるって、恥ずかしくないですか？　こう……裸を見られるみたいな感じで」

「ははは、恥ずかしい……かぁ！　面白いねぇ、タクトくん」

「で、どうなんだ、ライリクス？」

「大丈夫です。タクトくんも副長も全然、毒の反応はありません」

思わず溜息が出た。よかった。身体に付着もしていないみたいで。

まぁ、大丈夫だとは思ったけど、人に言われると安心する。

「あの毒、致死性のものじゃありませんでしたから、そこまで深刻じゃなかったんですけどね」

「え？　致死性じゃない……？　俺、てっきり町の人を殺すためかと……」

「それは、全く意味がないだろ」

ですよね。

俺も意味が判《わか》らなかったんで……じゃあ、なんのための毒だ？

〇

そもそも、毒と聞いてすぐに殺すためって思っちゃうのは殺伐とし過ぎだな、俺。

もっと優しい気持ちにならないと。

うん。

でもあいつら、信用できなかったんだもんなー。

不可抗力だよなー。

「毒を……冒険者に依頼してまで、水源に毒を入れる意味が判りません」

「確かにな。まぁ、真実はそのうち解るだろうが……どうしてタクトは死ぬ毒だと思ったんだ？」

「それは……毒って動物とか虫のものって感じで、そういうのって獲物を殺すためのものって思ってて……」

身近に毒なんて、なかったもんなぁ。

毒イコール危険イコール命の危機！　みたいなイメージだったんだもん。

角狼だって『死ぬ毒』って言われたし。

「あの毒だと、原因不明の高熱と、治っても関節に後遺症が出るかも……って感じかなぁ」

それってかなり大変じゃねーか！　軽く言うなよ、ライリクスさんっ！

シュリィイーレは職人の町だ。

指や身体の関節に異常が出たら、仕事はできなくなってしまうだろう。

生き甲斐《いがい》を持って働いている職人からそれを奪うのは、心を殺すってことだ。

「なんだよ、それ……なんでそんな酷いことを……」

なんで？　なんのために？

どうして、このシュリィイーレでそれをしようとした？　この町でやるから意味がある？

職人を潰すため？　いや、それじゃ誰も得をしない。職人以外を巻き込む必要もない。

得……この町に病気を蔓延《まんえん》させて、得をするのは誰だ？

この町の水源は、あそこだけ。あの水源を利用しているのは、この町だけ。

「あの水源に毒を入れても……シュリィイーレ以外に、被害は出ない……」

……嫌なことを、考えたくないことを、思いついてしまった……


「タクトくん、なんか解っちゃった感じかな？」

「解ったわけではありません。嫌な可能性に……思い至ってしまったというか……」

「言ってみろ。荒唐無稽な推理でも構わん」

「推理というより憶測です。いえ、妄想に近いかもしれない」

「……聞かせてみろ」

「この町を……実験台にしようとしたんじゃないか、と思うんです」

「実験台……？」

「はい。毒そのものの効果の実験、もっと言うとその毒を消す、もしくはその病気を治す薬か、魔法の実験」

「……！」

ふたりの顔が厳しくなる。

当然だ。俺だって、こんなこと考えたくない。

でも。

「この町は独立した地形にあります。三方が山、開けた方は海に面してはいても断崖絶壁」

水源の川は、そのまま海に注いでいる。

あそこに毒を入れたとしても、あの量なら海の汚染とまではいかないだろう。

これを仕組んだやつらが、そこまで考えていたとは思えないけど。

「あの水源を使っているのは、この町だけ。この町と接しているのは東の道から行く町ただひとつで、その道を封鎖すればたとえ伝染病だとしても封じ込められる」

「確かに……その通りだな」

「この町の農地で作られる作物は、この町の中だけで消費・備蓄されているので、他に流通しない」

ああ……言ってて、吐き気がしてくる。

「大規模な臨床実験をするには……格好の環境だ……と」

「今回の件を知っている全ての者に、厳特箝口令《かんこうれい》を敷け！　絶対に漏らすな」

ビィクティアムさんの命令に、衛兵のひとりが頷いて走り出す。

「タクト、おまえも誰にも言うな」

「はい……こんな気分悪いこと、言いたくありません」

「もしそうなら……本当に腹立たしいねぇ」

ライリクスさんも、怒りの滲《にじ》む表情だ。

「可能性としてないわけではない。依頼人と……この町にも協力者がいるはずだ」

「僕、忙しくなりそうです？」

「頼むぞ、ライリクス。おまえの能力は絶対に必要だ」

「了解です、副長。じゃ、タクトくん、またねー」

ピッと敬礼したかと思うと、すぐに崩して俺に手を振りつつ出て行った。

不思議な人だな、ライリクスさんって。


その後、俺は出されたお菓子をいただいてから兵舎をあとにした。

お腹空いてたから、美味しかったな。

うちのお菓子も、今度衛兵さん達に差し入れしよう。

まだ陽《ひ》があるうちに、街道の起点近くの水道に浄化の魔法を付与しに行こう。

早い方がいい。

もし付与できなくても、どういう場所かは確認しておきたい。

念のためだが、失敗を知った仲間が町中で毒を流さないとも限らない。

水源に進入できなければ、次の候補場所はきっと町の中央。

街道地下にある、水道の集まる場所だ。

ビィクティアムとライリクス

「どうだ？　タクトは」

「本当に二十一歳ですか？　考え方は、どう見ても子供と思えないですよ」

「身分証を『視た』のだろう？」

「はい。不審な点は、何ひとつありませんでしたよ」

「そうか……おまえに視えないとなると、本当に何もないのか……」

「初めから、ひとつも嘘はついていませんでした。珍しいです」

「ほう？」

「大概の子供は、見栄《みえ》を張るものです。素直過ぎて、気味が悪いくらいですよ」

「おまえに気味悪がられるとは……大したものだな」

「身分証に魔法が付与されているのかとも思ったのですが、全くそんな痕跡はありませんでした」

「能力的に、問題になりそうなものもなかったのだな？」

「ありませんね。鍛冶師としても石工としても、優秀な職人になれるでしょうし、【付与魔法】も安定しているようです」

「魔法付与されている物を、持っていたのか？」

「あの身分証入れ、彼の自作だということでしたよね？」

「それは彼自身から聞いた……そうか、あれに魔法が……どんなものか解るか？」

「詳しくは解りませんが、揺らぎからすると補助系でしょう。耐性とか体力増強とかと似ている魔力でした」

「……！　耐性付与ができると？」

「いえ、似ているだけです。おそらく耐性ではないでしょう」

「そこまでのものではない……ということか？」

「青属性の補助的なものと判断します。彼は赤属性適性ですから、補うためでしょう」

「そうか、それで水魔法を試してみた訳か」

「試していたのですか？」

「ああ、失敗していたようだが」

「でも発動はできる訳か……さすが付与魔法師ですね。魔力量の多さもあの年にしては破格でしたし」

「俺が見せてもらった一年前は二千三百だった」

「二千四百五十ありましたよ。一年でこれだけ伸ばせるとは、随分努力家ですね」

「末恐ろしいが、楽しみでもあるな」

「それにしても……臨床実験のことまで口にした時は、驚きました」

「あいつも、やつらの仲間かと思ったくらいにな」

「ええ……でもそれはないですね。彼は自分の知識と思考で、あの答えにたどり着いたのが明白でしたから」

「……便利だな、おまえの『眼《め》』は」

「そうですか？　けっこう鬱陶しいですよ。嘘なんて……見抜けない方が良いこともありますからね」


「ライリクス、タクトの跡をつけてくれ。真っ直ぐには……帰らないだろうから」

「はい、そのつもりでした。もう少し話してみたいですしね、彼とは」

「隠し事が……ありそうなんだが、なんだか判るか？」

「そんなとこまでは視えませんよ。それに隠し事なんて誰にでもあるものですから、それで判断はできません」

「喋《しゃべ》ると思うか？」

「さあ……難しいでしょうね」

「タクトくんは、話せることしか話さないでしょう……言い訳しない子は、扱いづらいです」

◇◆◇

まずは、中央広場に入らなくてはいけない。

広場は役所や教会などに囲まれ、中まで入れる道はない。

必ず、どこかの建物を抜けて入らなくてはならない造りだ。

人の目がある所を通り抜け、裏口を警備の人に開けてもらわなくてはならない。

だが、ここは憩いの場でもある。

さほど広くはないが、噴水と整備された庭園があるからだ。

身分証を見せれば簡単に入れる。

つまり、誰がそこに入ったか記録されるということ。

何かあれば、すぐに犯人を特定できる。

だから冒険者達もここは避けたのだろう。

彼らの格好は目立ち過ぎるし、この町にいるだろう共犯者は……きっと、実行犯にはなりたがっていないだろうから。


俺は、教会を通り抜けることにした。ただ単に、入ってみたかっただけなんだけど。

「こんにちは。奥の庭園に行きたいのですが、通ってもいいですか？」

神官の方だろうか。

黒っぽい法服のようなものを纏《まと》った、三十代くらいに見える男性に声をかける。

「ようこそ。では案内しましょう」

う、誰かついてくることは想定していなかった。

裏口が開けられ、庭園が見える。

「うわ……綺麗だなぁ！」

「ここは初めてですか？」

「はい、噴水、見に行っていいですか？」

「ええ、ご一緒しましょう」

ご一緒……してくれなくても、いいんだけどなぁ。


噴水中央は口が広くて、三段だが背のあまり高くない花瓶のようになっている。

口は優雅に波打っており、水があふれ出している。

文字が刻まれているな……『天に祈りを地に恵みを』か。

流れ出た水を受ける受け皿の底は平らではなく、中央に向かってなだらかに下っていた。

水は外からここの噴水の下に入り、ゴミなどを取り除いて湧き上がってきたものを町に流しているのだと思う。

欲をいえば、あの花瓶の中に魔法を付与したい。

しかし無理だ。

ならば。


ぽちゃん！


「ああっ！　すみませんっ、中に道具袋落としてしまいました！」

いくつかの鉱石を入れてある腰袋を、わざと落とした。

「ええっ？　あー……真ん中まで行ってしまいましたね……」

「これ、詰まっちゃいますよね？　この中に入っても良いですか？　すぐ取ってきますから！」

「いや、中に入るのは……！　えっと……」

「あ、俺、濡れるのは大丈夫です！　ほんと、すみませんっ」

「濡れるというか……そ、それじゃ、ちょっと待って」

彼が噴水の縁に両手を置いて、集中している。

すると、水が左右に割れた。おおおおー、モーゼっぽいーーー！

この人、水魔法が使えるのかー。

「今のうちに取ってきてください。滑るので気をつけて」

「はい！　ありがとうございます」

俺は水がなくなった部分から盥《たらい》の中に入り、袋に手を掛ける。

そして引っかかっていて取りにくい様を装いつつ、袋の中から魔法付与済の石を出した。

「大丈夫？　取れたかい？」

「はい……あ、取れました！」

石を中央下の方に当てて、魔法を転写する。浄化の魔法は、無事に噴水に付与された。

「所々に窪《くぼ》みがあるだろう？　そこに足を引っかけて上がってきて！」

「す、滑りますね……よいしょっと！」

「縁に摑まったかい？　そろそろ魔法が切れる。早く上がって！　水に触れないようにっ」

「はいっ」

俺は懸垂の要領で、なんとか縁の上に上がれた。

その途端、割れていた水が勢いよく元に戻った。

そして俺達ふたりとも、跳ね上がった水をざばっと浴びてしまったのだ。

「うわっ、うあぁっ！　は、早くっ、早くっ、早く洗わないとっ！　あぁぁ……！」

神官さん、凄い慌て振り……

もしかしてその服を濡らしたりしたら、上司に怒られちゃうとか？

うわ、悪いことしてしまった。親切に魔法を使ってくれたのに。


「はーい、そこまでぇ」

ライリクスさん……？

なんでここに？

○

「ライリクスさん……どうして？」

「おおー、タクトくーん、さっきぶりー」

片手で神官の右手をがっちり固めながら、ひらひらと手を振る。

この人……ただの衛生兵じゃないよな、絶対。

「はっ、放せっ！　水、水を拭かないと……っ」

「大丈夫ですよ？　ただの水じゃあないですか。もう風邪を引くほど、寒くはありませんし」

「俺の質問は無視ですか？」

「あ、ゴメン、ゴメン。ちょーっとだけ待ってて？」

俺に軽口を叩《たた》きつつ、ライリクスさんは神官に向き合う。

「この水……なにかあるのですか？」

「……何も……ない。ない、あるわけが……」

うあー……なんかあるって、言ってるようなものじゃん。

まさかこの神官……？　えええー、またぁ？

「おや？　なんだか熱くなってきたみたいですよ？　あなたの身体……熱でも出てきたのかなぁ？」

「え……？　あ、あ……ああ」

え、マジで？　そんなに早く熱が出ちゃう毒だったの？

「どうですかー？　クラクラしてきたとか？」

「……！　ちっ、違うっ！　こんなに早く熱など出ないっ！　あれは遅効性の毒で……！」

バカ決定。

「ふぅー……今回の実行犯共は、ホントに間抜けばっかりなのかな？　それとも」

ライリクスさんの顔から笑顔が消えた。

「裏にいるやつらが、切り捨てても惜しくないやつだけを選んでるのかな……？」

「切り……すて……」

神官の心が挫《くじ》けた。ぐったりとして動かない。

ライリクスさんにはそういう技能か……魔法があるのかね？　精神攻撃的な。

「君達ーこいつ、頼むねー」

いつの間にか、もうふたりの衛兵が来ていた。あ、教会の裏口にもまだ何人かる……

神官は教会ではなく、北東側の石工組合を通って連れ出された。


「俺も……同行、ですか？」

「いや、ここで少しだけお話ししてくれれば、家まで送るよ？」

「何を話せば？」

「そうそう、最初に言っとくね。確かに医療魔法も使えるけど衛生兵じゃあないんだ」

やっぱり。

「僕は、審問官なんだよ」

尋問のプロかよ。精神攻撃できても、おかしくねぇな。

「なんで、ここに来たの？」

「もし町中でも毒がまかれるとしたら、ここだと思ったので」

「ここで、何をしようとしていたの？」

「取り敢えず、水が水源から町に入ってくる場所を、見ておこうと思って」

「なんで教会を通り抜けたの？」

「それは偶然。というか、入ったことなかったから中を見てみたくて」

……ほら、次は？

聞かれれば答えるよ？

「ふーん……本当みたいだねぇ。だとすると天才的なカンの良さだなぁ」

「本当か嘘かなんて、解るんですか？」

「うん、看破の魔眼持ちだからね！」

うっわー、来たよ、反則。

てへぺろみたいな顔、しないでくださいよ！

しかも、看破って鑑定の上位技能じゃん？

「嘘だと、はっきり解っちゃうんだよね……魔力の状態が変わるからさ」

「……魔力の状態って？」

「なんでも、聞いたら教えてもらえると思ってる？」

「あなただって、そう思ってるでしょ？」

質問は子供の特権だぜ。さぁ、教えろ！

「……悔しいから教えてやらない」

「ガキですか」

「まったく……君みたいに全然、誤魔化しとかしない子、初めてだよ」

「そうなんですか？」

「そうだよ。僕が『何度か食堂に行っている』って言った時に、素直に知らないって謝ったでしょ？

大概の人はなんとなく覚えてるーとか、そういえばーとか誤魔化すんだよね」

そんなことで嘘ついても、仕方ないと思っただけなんだが。

「人の顔を覚えていないって指摘されるのを、恥だと思う人は多いんだよ」

「そんなの覚えてなくたって、どうってことないと思うんだけどな」

「客商売が顔を覚えていないのを、どうってことないって言い切れる人もあんまりいないよ？」

あぅ……そうだ、前の所でも言われていたなー。

だってカルチャースクールのおばさんって、割とみんな同じようなカッコした人ばっかだったんだもん。子供とかも、あんま区別つかないっていうかぁ。

「でも僕『食堂』が『君の所の食堂』なんて言ってないから、見覚えなくて当たり前なんだけどねー」

そっから、嘘なのかよっ！

「ライリクスさん、性格悪いって言われません？」

「そんなぁー、照れるなぁー」

褒めてねぇよ。


「んじゃ、最後に聞きたいんだけど」

「はぁ……」

「あの冒険者達が持っていた武器、まだこの町にあると思うかい？」

「……はい」

ある。絶対に持ち込まれている。

あいつらはおそらく使い方を、今回の事件の黒幕に教わったはずだ。

そしてきっと『そいつが持っている銃よりもっと強いものに改造したかった』に違いない。

「……解った。このこと、絶対に喋っちゃ駄目だよ？　君と……君の家族の命に関わるかもしれないからね」

「他言はしませんよ。俺の夢は『平凡で楽しい日常生活』ですから」

絶対に家族に手は出させない。

絶対に。

ライリクスさんは食べていきたいけどまだ仕事があるからと、店の前まで送ってくれてすぐに帰ってしまった。

これからあの四人の尋問と調査で、衛兵隊は忙しくなるんだろうな。

まだ夕食までには時間がある。少し……考えておく必要がありそうだ。


何事もなかったかのように、元気よく食堂に入る。

「ただいまー」

「お帰りタクト。昼には帰ると思っていたのに」

「ごめん、母さん。手伝えなくて……東門の近くまで行ったらビィクティアムさんに会ったんだ」

「……あの副長官さんかい？」

「東門の外まで出てみたいって言ったら、案内してくれて。兵舎とかも見せてもらっちゃったんだよ」

「あら、そうなのかい……思っていたより、いい人だねぇ」

うちに来た時の厳しめビィクティアムさんは、母さんの印象悪かったんだね。

イメージアップしてよかった。

自分の部屋に戻り、まず確かめるのは……身分証だ。

・・・・・・・・・・・・・・・・・・

名前　タクト／文字魔法師《カリグラファー》
家名　スズヤ
年齢　21　男

在籍　シュリィイーレ

養父　ガイハック／鍛冶師
養母　ミアレッラ／店主

魔力　6902

【魔法師 二等位】
蒐集《しゅうしゅう》魔法　文字魔法　付与魔法　金融魔法　守護魔法　加工魔法
制御魔法　複合魔法　集約魔法

【適性技能】

鍛冶技能　金属鑑定　金属操作　石工技能　貴石判別　空間操作
錬金技能　身体鑑定

・・・・・・・・・・・・・・・・・

初見が多過ぎて、何がなんだか……

消えていたということは、独自魔法だろう。試しに赤属性非表示の指示をしても、消えなかった。

【加工魔法】は今度教えてもらうとして【制御魔法】【複合魔法】【集約魔法】か……

『空間操作』……は思い当たる節がないけど……ああ、空気の圧縮とか固めた空気の移動とかか？

『錬金技能』は鉱石の組成分解と、再結晶をしたケースペンダント作りのせいだろう。

やはり問題は、魔法の方か……【制御魔法】とは、自分の魔法を制御できるのか？

それとも相手の魔法？

「あ！　『出禁』か！」

相手の行動を制御、ということか！　これは使える範囲と、条件を調べなくては。


複合……これは察するに燈火《とうか》を大量生産した時の『レシピ』だ。

素材は一種だが、溶かし合わせ、成形して研磨……などを一連の流れとしてひとつの魔法にした。

できあがりまでの流れの各魔法をひとつにしたのが【複合魔法】と考えて良いかもしれない。

集約はきっと、今回水道に使った魔法付与のやり方のことに違いない。

『複合《レシピ》』はひとつの物を作る工程順を書いたものだが、これは違う事柄や指示をまとめて書いたものだ。

紙に左上方の角を一文字、もしくは一単語分空けた四角い囲みを書く。

その中に『身体強化』だの『毒無効』だのという、同時に付与したい条件やアクションをカギ括弧で括《くく》って書き込む。

そして最後に、空けていた左上方の空白部分に任意の文字か単語を書く。

左上方の空白部分に書いた文字だけを空中文字で付与すると、囲みの中に書いた効果が全て付与されるのだ。

一文字に『集約』されるのである。

いくつかセットメニューとして用意しておけば、一文字ずつ付与するだけでかなりの魔法が書き込まれることになる。

このまとめはコレクション内に入れておけば、問題なく付与した物に発動する。

しかも、囲みの中に書き足せば、その文字を付与してあったもの全てにその効果も追加されるのだ。

遠くにいても管理ができる。


「よし、なんとなく解《わか》ったぞ。多分この解釈でいいはずだ」

さて、できることもだいたい解った。この家丸ごと、防御してしまおう。

いや、この区画全部やっちゃうか？

……やり過ぎないように注意しよう。

取り敢えず、考えられる防御系魔法を我が家に付与し終えた。

絶対安心とはいかないけど、今はこれで良い。

そして、父さんと母さんのケースペンダントの付与も変えておかなくちゃ。

【集約魔法】以前のやり方だったから、書き替えておいた方がいい。

○

工房にいる父さんに声をかける。

「父さん、身分証入れ、ちょっとだけ借りていい？」

「何かするのか？」

「うん。いつも身に着けているから金属と石の間に汚れが溜《た》まるだろ？　俺のと一緒に掃除しようと思って」

「そっか……でもなぁ……」

「その間はこっちのに入れておいてよ。掃除はすぐ終わるから、昼までに返せるよ」

こっちは羅針盤みたいなデザインだ。

「おおっ！　こいつもいいじゃねぇか！」

「だろ？　新しく作ったのもそのまま持っててよ。これからは好きな方に入れ替えて使って」

身分証まで預かれないし、他のケースもないからね。

昨日《きのう》のうちにちゃんと、魔法付与付で作ったのだ。早速【複合魔法】と【集約魔法】は大活躍だぜ。

母さんにも同じように言って、ケースを入れ替えてもらう。

新しいのは、すずらんの花にしてみた。俺的に可愛《かわい》い花の代表なのだ。


ふたり共、すぐに外に出てどうしたんだ？　あ……陽《ひ》に透かして見てる……

よかった、新しい方にも透かし文字入れておいて。

『いつもありがとう タクトより』って入ってるんだ。

ふたり共、ニコニコだ。喜んでくれてるみたい。

魔法の再付与も終わり、ケースをふたりに返して昼時の忙しい時間に突入だ。

母さんも父さんも、今日は新しい方を着けてくれている。何種類か作ってあげてもいいなぁ。

……あ、メッセージが思いつかないかも。


怒濤《どとう》のランチタイムが、一段落。

今日は、めちゃくちゃお客さんが多かった……やっとゆったりスイーツタイムだ。

客席がほんわかしてきて、女の子が多くなったなー。

以前より慣れては来たけど、緊張はする。


「あー、疲れたぁ……まだ昼飯大丈夫かい？」

タセリームさんだ。珍しいな、いつもは早めに来て、混む前に帰る人なのに。

「まだ大丈夫だけど……忙しいの？」

「明後日、大取引きの商会長が来るんで準備が大変でさぁ……パン三個ね」

「了解。今日は赤蕪《あかかぶ》とシシ肉の煮込みだよ」

「おお、いいねぇ」


母さんから料理とパンを受け取ってタセリームさんに運んだ時に、隣の席の女の子達《たち》に呼び止められた。

「あの、この子のしてるこれ、ここで買ったって聞いたんだけど……」

あ、あの試作品《プロトタイプ》を仕上げたやつだ。使ってくれているのかー、嬉《うれ》しいなー。

「うん、そうだけど」

「もう売らないんですか？」

食い気味で聞かれた。

「今のところ……俺、作る予定はないから」

「え、これってタクトくんが作ったの？」

「うん、そう。使ってくれてありがとね」

おおっ？

女の子達が怪訝《けげん》な目で……ご、ごめん、製作者が気に入らなかったのか？

マジでスマン。捨てるならせめて、俺の目に触れない所で捨ててくれっ！

もう一回謝って、そそくさと厨房《ちゅうぼう》に戻り、母さんに断って裏から工房へ回った。

ふぅ……何が地雷か解んないなぁ……

その後の店内

「知らなかったー嬉しいっ！」

「ずるいわっ、なんでもう作らないのよっ！」

「あたしも欲しい……」


（これ、タクトくんの手作りだったのね……買って、よかった……ふふふっ）


「こんな綺麗《きれい》なモノまで、作れるの？　凄《すご》過ぎない？」

「これ、絶対欲しい……いいなぁ」

「あの日誘ったのに、来なかったのはあんた達じゃない」


「ねぇねぇ、君たち、それ身分証入れだろ？」

「そうよ……なに？　おじさん」

「おじ……んっ、んん。タクトが作ったって話だけどさ、もし、同じような物が他で作られてても、買うかい？」

「……買わない。タクトくんのが、いいもん」

「あたしは……これより綺麗なら買うわ。値段にもよるけど」

「タクトくんが作ったのがあるなら、そっちが欲しいけど……もう作らないなら、買うかも」

「そうかぁー……ありがとうねー」


（……なに？　あのおじさん……怪し過ぎ。でも……なにか、企《たくら》んでいそう……）

◯

「だからさぁ、タクトぉ、何個かでいいからぁ」

「嫌です。なんでタセリームさんを儲《もう》けさせるために、作りたくないもん作らなきゃいけないんですか」

忙しいって言ってたくせに、昼食後に工房のカウンターでタセリームさんがしつこく勧誘してくる。あのケースペンダントを、作れと言うのだ。

地味に落ち込んだ後だったので、そんな気になれないんだよっ！

「なー！　頼むよぅ、タクトが作ったのがいいんだってぇ」

「しつこいぞ、タセリーム」

「だってあんなに綺麗な……ん？　んんんっ！　ガイハックさん、あんたのもタクトが作ったやつかい？」

「へっへっへっ、いいだろ？」

父さん、自慢したくて態《わざ》と見せて近寄ったな？

「これもいい……この意匠なら、男だって持ちたくなる……」

「タクトはよ、こう……知的な感性ってのがあるからよ」

「うん、うん、これすごくいいよー」

「でな？　これをよ、こうずらしてだな……透かすと……」

「あーっ、なんですか、これっ！　これ、これスゴイですよっ！」

透かし文字って、そんなに凄くないでしょ？

大袈裟《おおげさ》に褒めて父さんを味方につける気だなー。悪徳商人めぇー！

「タクト、本気で頼む。ちゃんと契約書も作って仕事として。魔法師組合も通す！」

「全部作るのは……お断りしますが、意匠の使用なら認めますよ」

「君が作った、という証《あかし》がないと！　そこが重要なんだよ！」

ブランド展開を狙っていると？

俺なんかがブランドになるとは思えない……大コケしても責任取らないからな！

「解りました……じゃあ、この作り方を何人かの石工職人さん達に教えます。必ずその人達が作って、俺が最後に壊れにくいように魔法を付与する」

「うん、うん！　君の名前を、ちゃんと入れてくれよ？」

「な……名前は、ちょっと……ああ、俺の印を考えます。その印で魔法を付与してあることが俺の意匠証明……ってことでいいですか？」

「判《わか》った！　それで充分だよ！」

「石工さんが作った物が著しく意匠から外れていたり、質が悪かったら、俺は認証しないってこともありますけどいいですね？」

「勿論《もちろん》だ。我が商会の威信にかけて、品質は保証するよ」

「それと、販売はシュリィイーレのタセリームさんの店だけ」

「絶対に他になんて渡すものか！　全部うちで売りきってみせるよ！」

「じゃあ、魔法師組合に指名依頼で出してください。……善処します」

「ありがとうっ！　これで懸案事項だった女性客も取り込めるぞーっ！」

女性客……そりゃ、タセリームさんの店のラインナップだとそうだろうな。

へんてこなものが多過ぎなんだよ、この人の店。

でも、俺のブランドで女の子が買うとは……自分でも思えないのが哀《かな》しいぜ……


その日の夕方、魔法師組合から指名依頼の連絡が来た。

あの後すぐに出したんだろうな……タセリームさん。


翌朝、タセリームさんの所に行くことになった。

その前に魔法師組合に寄ってからだ。【加工魔法】のことを聞きたいしね。

魔法師組合の受付でコーゼスさんに、タセリームさんからの依頼内容を説明してもらった。

思っていたより、高額依頼だった……儲からなかったらどうするんだろう……こわい。

「指名依頼なんてすごいねー」

「あの人、結構強引なんですよ。俺じゃなくたっていいと思うんだけど」

「いやいや、タクトじゃないと絶対駄目って言っていたよ？　タセリームさん、君のこと信頼してるんだよ」

「それは……嬉しいですけどね」

依頼承諾の署名をして【加工魔法】について教えてもらった。

どうやら素材を性質を変えずに、加工できる魔法のことらしい。

うん、ケースペンダントの時にさんざんやったやつだ。組成分解とかも【加工魔法】なんだろうな。

「タクト……君、石工と鍛冶の職人になったりしないよねぇ？」

「え？　しませんよ。俺は文字魔法師ですって」

「まさか【加工魔法】まで使えるようになっちゃってるなんてさー。石でも金属でも自分で加工できたら、この町ではそっちの方が儲かるしー」

そうなのか。知らなかった。

「大金が欲しい訳じゃないし、好きなことしかしたくないワガママ者なので魔法師がいいです」

「よかった。安心したよー」

……魔法師組合、人材不足なのか？

○

タセリームさんの所に向かう道すがら、何人もの衛兵達がチラシを配っているのを目撃した。

羊皮紙でチラシとは、なかなか大盤振る舞い……余程大切で、緊急のことなのか？

めぼしい場所にも貼ってあるみたいだ。一枚貰《もら》って、読んでみる。

これ……俺がビィクティアムさんに言われて描いた、拳銃の絵じゃねーか！

チラシには『この形に似たものを見た・所持している者は早急に衛兵に連絡すべし』と書かれている。

一般人にも渡っている可能性が出てきたのか。

なになに、爆発・暴発の危険あり……

うん、間違いじゃないけど、どうすると爆発するかは……敢《あ》えて省いているのか。

使うことが危険なのではなく、これそのものが危険物だと認識させる目的だろう。

珍しい物だから、いじっているうちに暴発することもあるし、あながち間違ってないか。

しかしなぜ、俺の絵を使った……恥ずかし過ぎる……


「おおーい、タクトー」

「あれ？　遅れちゃいましたか、俺？」

「いや、待ちきれなくて迎えに来た」

子供かっ！

その後、小走りでタセリームさんの店に向かう羽目になった。

まったく、何がそんなに楽しみなんだか。

「実はさ、君の意匠もいいんだけど、これとか、これの形なんかもカッコイイと思うんだよ！」

タセリームさんのお気に入りの珍品達が、俺の目の前に並んだ。

うーむ……よく判らないセンスだ……この蛙《かえる》っぽい人形とかを、どうデザインに組み込めと？

ふと見上げた棚の上に蛙と……銃が飾られていた。

この人、絶対にこれがなんだか知らずに買った！　しかも撃鉄上がってる！

まずいだろ、流石《さすが》にっ！

「た、タセリームさん、あれ、あれ……」

「ん？　ああ！　あれもカッコイイと思うよ！　この間、ミューラのマハルって町から来た商人が持ってきたんだ」

ミューラ？　知らないな……いかん、チラシを見せなくちゃ。

「あれ……多分これのことじゃないかな？」

俺は、さっき貰ったチラシを渡す。

読み始めたタセリームさんの顔が、どんどん青くなっていく。

そうだよな、暴発事故の被害者が指四本と右目を失った……なんて書かれてるもんな。

「早く衛兵さんを呼んだ方が良いよ……？」

「そっ、そうだなっ！　タクトっ！　触っちゃ駄目だぞっ！」

「うん、触らないよ」


慌てふためいて衛兵達を呼びに走り去るタセリームさんを見送りつつ、俺は撃鉄が上がったままの銃に近付く。

この完品を、できれば渡したくない……

危ないと判っててても使ってみたくなるものだしね、こういうのって。

構造が解ってしまうと、作りたくもなるだろうし。

小さな紙の四角く括った中に『極小規模爆発』『シリンダー・弾完全破壊』『高温半溶解』と書き、左上に『γ』と書いて【集約魔法】を作った。

紙を折って、手に持つ。

そしてシリンダーに、空中文字で『γ（透）』と付与した。


タセリームさんが、ふたりの衛兵と戻って来た。

「これですっ！　ミューラの商人で……初めて来たやつだったんですが、これだけ、珍しかったから買ったんです」

「おそらく、これはこの絵の物だと思います。危険ですから下がってて」

「はいっ、はいぃ！」

真っ青になってタセリームさんが、後ろに飛《と》び退《の》いた。

衛兵が近寄る前に手の中の紙を開く。

ボンッ！


「うわわわっ！」

「うっ！　大丈夫かっ？」

「しまった……触れていなくても爆発するのか……！」

ごめん、思ったより爆発が派手だった。赤で付与しちゃったせいかな？

でも、怪我《けが》はしていないみたいでよかった。

「実は……さっき私が手に持って何度か……こう、いじりまわしてしまって……」

「そうでしたか。その時に爆発しなくて、よかったですね」

うわー、タセリームさん、更に顔面蒼白《そうはく》だなぁ。

このことは、衛兵さん達が上に報告するとのことだった。

欠片《かけら》も拾える限り拾っていったけど、溶けてる部分もあったので判別は難しいかな。

銃口とかは原形を留めているから銃と判ると思う。

「こんな危険な物を売りつけやがって……あいつ、絶対許さん。あっ、そうだ、そういえば……」

タセリームさんが慌てて衛兵達を追いかけていった。なにか、売人の情報でも思い出したのか。

ちょっと……やり過ぎたかな。でも、銃をこの町に入れたくなかったんだ。

この件で衛兵隊が、この武器に対して危機感を持って欲しいと思っているのも……俺の身勝手なのかもしれない。

俺の、武器に対する嫌悪感の押しつけみたいになっちゃってるけど……嫌なんだよな……どうしても。

○

タセリームさんが戻って来て、やっと本来の話に入った。

「基本の意匠はこれらの組み合わせで作ってください。もう少ししたら別のものも考えます」

歯車二種・羅針盤・工具三種。

「女性向けは花の意匠にしています」

桜二種・すずらん・スミレ・ひまわり。どれも、百科事典やらなんやらからトレスした。

「こういう模様を入れてもいいと思いますので、それはお任せします」

星・トランプのマークなども見せる。

「うん、うん、これの組み合わせか……うん、いいねっ！」

「ちなみに、俺のは歯車と桜の組み合わせです」

「おおおーーっ！　これ、いいねぇ！　綺麗だなぁ！」

なんでもいいって言うなぁ……信頼度が下がってきたぞ。

父さんのを黒と金基調で作ったけど、俺のはスカイブルーと鈍色《にびいろ》。

桜は表面の硝子《がらす》に透かしのように入れているだけで色はなく、メインは歯車。

作り方の手順を書いた羊皮紙を、タセリームさんに渡す。

俺の紙でなく羊皮紙だと、たとえ万年筆で書いても空中文字以外では全く魔法が発動しないのが不思議だ。

「それと金属部分の加工のこともあるので、一日で作れるのは十個が限界ですから」

「うーん……うんっ、それでいいよ！」

「じゃあ、契約書に書いておきますね」

「よっし！　じゃあ、石工工房にいこうか！」

「……だと思いました……」

絶対に今度……なんてことにならなくて、そのまま研修突入だろうなーって。

タセリームさん、勢いで動く人なんだよなぁ……


案内された石工工房は、以前父さんとも来たレンドルクスさんの工房だった。

見本を見せつつ、五人の職人さん達に手順を説明する。

「こんな細かい物をひとつずつ埋め込んでいくのかよ……」

うん、面倒ですよね。俺だって【複合魔法】がなかったら、やりたくないっす。

「光を反射させると……確かにこうした方が、輝きがいいな」

そう。できあがり重視で、量産は考えていない作りだからね！

「覆い硝子は……色硝子と二重になってて、内側だけ削ってるのか？　それで透けて……」

切り子細工の感じでね！　といっても、こちらでは馴染《なじ》みのないやり方ですよね。

「こっちの透かしは別の技法かよ……！　なんて細かさだ」

黒曜石の透かしは、マジ頑張ったからね！

「……タクト、おまえうちの工房に来ねぇか？」

「謹んでお断りいたします」

「こんだけできるってことは【加工魔法】と『石工技能』があるだろ？　おまえなら一流……いや、達人になれる！」

「俺は魔法師なので、無理です」

俺は就職活動に来たんじゃないよ、レンドルクスさん。

「それで、できあがった物の裏に、俺がこの印をつけて『補強・強化』の魔法を付与して入れ物の台にはめ込んだらできあがりです」

俺のブランドマークは、フラクトゥーア書体の『T』一文字にした。

「へぇ……これも、意匠のひとつになるね……」

「え？」

「だって、綺麗な形じゃないか。これがキラキラしていたら、女の子達も喜ぶんじゃないかなぁ」

そういえばハイブランドのロゴって、パターンになっててバッグとかに並んでいたよな……。

だからって、賛成はできないよ。

タセリームさんの感性は『珍品好き』な気がするし。

それに、売れなかったらマジで立ち直れなくなりそうだから、止《や》めて欲しい……

ライリクスと商会長

「止まってください。積み荷と手荷物の検査を行っております」

「なんだって？　私は毎月、こちらで取引しているのですよ？　今更なんの……」

「実は先日、我が町に大変危険な物品がいくつか入りましてね。もし同じ物をお持ちの場合は、お入りいただくわけにいかないのですよ」

「危険な……とは、どのような？」

「このような形の物でしてね、触っていただけで爆発してしまったのです」

「え……？　こ、これは……」

「おや、ご存じですか？」

「先日ミューラの商人から買い付けた物に似ておりますが……」

「そうです！　爆発したふたつも、ミューラ製でした。今お持ちなのですか？　確認いたしますが、よろしいですね？」

「あっ、まっ、待ってください、あああっ」

「……これはこれは、こんなに沢山。んー、三十くらいありますねぇ……？　売るつもりで？」

「ええ……まぁ、頼まれ物でして……」

「ほう、どなたの？」

「それは……その」

「これは、なんという名前なのです？」

「ミューラの商人は『銃』と言っていました」

「なるほど……銃……をどこで売ろうと？」

「西・緑通り七番の……あっ、いっ、いえ……」

「これを持っている者を、通すわけにはいかない。直ちに引き返していただこう。今後も、町への進入許可・販売許可については、見直しすることになります」

「それは困ります！　この町の金属器や鉱石を、仕入れないと……！」

「これは我が町の決定事項です。こんな危険物を取り扱ったり、売ったりする者を入れることはできません。既に、犠牲者が出てしまっていますから」

「爆発……の……ですか？　使用されたのでは、なく？」

「ええ、使用前に爆発しました。一件はそこに書いてある通り、もう一件は飾ってあっただけで粉々になり、一部は高温で溶けておりましたよ」

「そ、そんなバカな……使った者もいるが、今までそんな話は……」

「使ったのですか？　あなたが？」

「いえ、うちの護衛に持たせて……」

「護衛の方がお持ちですと、その方々も入れません。やはり、このまま引き返していただいた方が良いでしょう」

「こ、これは、こちらでの取引が終わったら持ち帰りますので、衛兵隊の方でお預かりいただくわけには……」

「いたしかねます。危険だと判っているものを、預かることはできません。こちらで全て破壊・処分していいのでしたら別ですが」

「そんなぁ……仕入れ金額もかなり……」

「……あなた、もしかして騙《だま》されたのでは？」

「え？」

「その羊皮紙に書かれている被害者は、一度使って何ともなかったから平気だと思った……と言っていました。もしかしたら、二度は使えない不良品なのではないですか？」

「そんなバカなっ……いや、でも二回使った物は……そういえば、ないが……」

「事故を起こす不良品をあなたが売り歩いていると判れば、あなたの信用と店に大きな傷が付きますね……」

「まさか……ミューラのやつが？　私を陥れようと……？」

「あり得ますよ。あなたが売ったのは不良品で、自分はちゃんとした物を売ると後から売り込めば、あなたを追い落として販路を全部かっさらえますからねぇ……」

「あいつなら、やりそうだ……」

「あまり信用ならない人物なのですか？　もしよろしければ、似顔絵などお願いできれば。そうですねぇ……町でこれを売ることは許可できませんが、衛兵隊で全て引き取る際に、少しくらいでしたらお支払いいたしましょう。協力費として」

「う……む」

「無理にとは言いません。どうせそのミューラの商人は、他の方々にも同じ手を使っている可能性がありますから。このまま、お引き取りくださってもいいですよ。持ち歩いている間に……爆発しないといいですね？」

「くそっ！　おい、護衛の者達を全員集めろ！」

「回収してよろしいですか？」

「ええっ！　お願いします！　似顔絵も協力します！　その他に、やつが持ってきたものも一緒に渡していいのでしたら！」

「他にも……不良品が？」

「怪しげな薬を届けて欲しいと、預かったのですよ。しかし……何にどう効果があるかも詳しく聞いておりません」

「誰かに委託するように頼まれましたか？」

「教会のボゥルエン神官です。渡せば、その場で支払いがされるからと」

「わかりました。その神官殿でしたら、よーく存じておりますので確認いたしましょう。もし問題ないようでしたら、お金を衛兵隊で預かりますので、あなたがご出発の時にお渡しいたします」

「……問題、ありそうですな」

「それはこちらで調べます。ああ……集まったようですね。全部で三十四……ですね。他に持っていないですね？」

「本当に……爆発したのですよね？」

「ええ、あなたはタセリーム商会をご存じで？」

「今日はその店主とも、会う約束をしております」

「では、聞いてみるといいでしょう。二度目の爆発は、その店で起こったのですから」

「タ……タセリームくんに怪我は……？」

「幸いにも手に持っていなかったので、怪我はありませんでしたよ。かなり怖《おそ》ろしい思いをされたようですが」

「なんてことだ……彼が……」

「では、銃とこの薬、こちらで処理いたしますね。どうぞお通りください」

◇◆◇

何日かして、タセリームさんがニッコニコでやってきた。

どうやら約束していた大商会の方と、良い取引ができたそうだ。

そして、加工が終わったケースペンダントの石細工、十個を持ってきた。

もの凄くいいできあがりで、めちゃくちゃ綺麗だ……なんか悔しい。

カバーの透かしも見事だし、デザインもめっちゃカッコイイのからラブリーまで……

いやいや、相手はプロだ。達人の石工職人だ。張り合ってどうする。

「これと、タクトの作ったこの台を合わせるんだね？」

「金属部分の加工は他の人に任せると、多分凄く時間と原価がかかりそうだから、俺がやった方が良いと思って」

「確かにこれは……細工が細か過ぎるし、ここまで磨くのは大変だ。これも、タクトの魔法でできるのかい？」

「一度作れば、形状記憶的に【加工魔法】で作れるようになります。大量に……は無理ですけどね」

「タクトは、彫金工にもなれそうだなぁ。魔法師なんてもったいない……」

「俺の基盤はあくまで魔法師、ですよ」

物作りの町では、やはり魔法師よりはそっちの方が魅力的な職業なんだろうな。

でも俺は、文字魔法師が天職だと思ってるからね。加工や錬金は、その副産物にすぎないのだ。

石を取り付ける背面の金属部分は、楕円《だえん》に刳《く》り抜《ぬ》いてある。

そこに俺のマークを透かし彫りで作った石をはめてあり、透かし部分より少し小さめにインクの色が判るように空中文字が付与されている。

飾り石をはめ込むと、この石と一体化して強化されるのだ。

そして、陽に透かして初めてこのマークが見える。

身分証をセットしてしまうと表からは全く見えないので、石の意匠を邪魔することもない。

「……これじゃあ、見てすぐに君の作った物と判らないじゃあないか」

タセリームさんがどうしてそんなに、俺に拘《こだわ》るのか理解に苦しむ……

「いいんですよ。こうやって透かしてみて初めて判るっていうのが、特別感を感じるでしょう？

これ見よがしに主張するのは、美しくないっていうか……」

恥ずかしいんだよ、俺が！

「これは絶対に、君の印の意匠で細工を作ってもらう必要があるなっ！」

「なんでそうなるんですかっ？」

「自分が買った物が、君の作った正規品であるということを見せびらかしたい欲求がある人もいるんだよ。一目見てそうと判ってもらわなくちゃ、自慢する意味がない！」

いないと思うんだけどなあ……

でも、この文字自体はとても美しい造形だし、作っても綺麗だとは……思うのだけどね。

「……解りました。でも、それだけ売れ残ったりしても知りませんからね？」

「うんっ、絶対に売れるからダイジョーブ！」

なんという根拠のない自信だ。


「それと、利益の六割が君に支払われる分だから」

「え？　そんなに？」

「そうだよー、これでも少なくて申し訳ないと思っているんだけど……」

「多過ぎますよ！」

「何言ってるんだい。意匠も製法も、君が考え出したものだ。たとえ他人が作ったって、その権利は守られるべきだよ」

確かにそうだけど……これに関しては儲けを出したい訳じゃないし、なにより石工職人さん達の方が、圧倒的に大変だし。

「台座と鎖の加工まで君がやっているし、製品の強化だけとはいえ、魔法付与もしているんだからね」

うーん……でも俺からしてみれば、魔法の練習させてもらっているようなものだし、さして手間もかかってはいないし……

「それじゃあ……俺には材料費の分と、手間賃で三割ください。残りは石工職人さん達に、還元して欲しいんです」

「彼らにはちゃんと支払っているよ？」

「ええ、判っています。だから、それは……今後への投資、ということで」

「投資？」

「ええ、その分で違う鉱石とか使って試してもらったり、違うやり方を研究したりして欲しいんです。俺はそこまでできないですし」

「なるほど……職人を育てるための投資ということかい？」

「はい。お願いできますか？」

「解ったよ。ありがとう、俺からも礼を言わせてもらうよ」

よかった。これであの面倒な作業を押しつけてしまったお詫《わ》びになれば、俺としては万々歳である。

「はい、全部、できあがりです」

「おおーっ！　仕上がると綺麗だねぇ！」

基本は鈍色だけど、男性向けには黒色も用意した。

もっと銀とか金色系が欲しいけど……鍍金《めっき》でもやってみようか。

どっかの工房でできるかな？

その翌日も、翌々日も次々と細工の終わった石が届けられた。

その中にはあの『T』のデザインもあった。

タセリームさん……俺が許可出す前に、作る指示出してやがったな。

本当に大丈夫なのか？

こんなに作って！

タセリーム商会・店頭

「あのっ、これ、本当に、タクトくんが作ったの？」

「そうですよぉー。石細工は他の職人も手伝ってるけど、この台座の入れ物と鎖、それに魔法付与もタクトだよ」

「……全部じゃ、ないのね」

「タクトが細工も何もかも確認して、認めたものなんだよ。ほら、こうすると印が見えるだろう？」

「ええ、綺麗な印。透けてるわ……」

「これはタクトの印なんだよー。これがついているモノが、タクトが作ったっていう意匠証明なんだ」

「これ、買います」

「こんなのもあるよ？　タクトの印自体を意匠にしたものなんだけど、綺麗だろ？」

「それも……あ、透かしの色が、違うの？」

「そうなんだよー、良い所に気がつくなぁ！　君、魔法の属性は？」

「緑属性……」

「なら、こっちの緑の文字で付与された物はどうだい？　タクトは付与魔法師で全属性が使えるから、君の魔法に良い影響があるかもしれないよー？」

「……そっちに、します。この意匠で、緑のものは？」

「はいはい、ありますよー」

（……このおじさん、気にしておいて、よかった。一番に買いに来られるなんてツいてる……！）


「あっ、あった！　ここの店よっ！」

「おじさんっ、タクトくんの身分証入れ売ってるって……」

「はいはいーこれだよー。この印が付いてるものが、タクトの認めた正規品だからねー」

「……思ったより高いけど……こんなに綺麗なら……これっ、これくださいっ！」

「はーい！　ありがとうございますー」

「あたしこっち！　タクトくんの印なんでしょ？　これ！」

「そうだよーこっちのも透かしてみると、ちゃんと入っているからねー」

（ふっ……この子達は、透かしの色までは、気付いていない……ふふふっ）

○

ケースペンダント用の石に魔法を付与するのが、毎日のルーティンになりつつある。

店頭にじゃらじゃらと並べてるんだろうな……観光地のお土産屋さんで売ってる、キーホルダーみたいになっていそうだ。

毎日コンスタントに魔力を使っているせいか、また魔力量が増えていた。

それは構わないんだが、なんか新しい独自技能が表示された。

えーと『成長補助』って……補助……俺自身の成長を、俺が補助するのか？

俺が誰かの補助をできる、ということか？

なぜ、取説がないのだ。どっかに『魔法・技能大全』とか、ないものか。


今日はできあがったケースペンダントを、直接タセリームさんに持っていくことにした。

いつもは代理の人が取りに来てくれるんだけど、今日はなかなか取りに来ないので自分で持っていくことにしたのである。

シュリィイーレには、一区画が丸々公園や緑地帯になっている場所がいくつかある。

全部見た訳じゃないけど、多分東西南北の同じような位置にあるのだろう。

タセリームさんの店は、南東通り公園を通り抜けていくと近道だ。

あれ？

大きめのテントが、公園にいくつかあるぞ？

そういえば去年も物産展的な催しがあって、他の町の品物が売られていたっけ。

美味《おい》しそうな果物とか売ってる。あ、衣類もあるんだな。他国の製品も多いみたいだ。

「お茶がある……！」

紅茶かな？　いい香りだ……買っちゃおうかなぁ。

身を乗り出した時、他のお客さんとぶつかってしまった。

「あ、すみません……！」

「いや、大丈夫。君、お茶に興味があるのかい？　珍しいねぇ」

「そうですか？　好きなんですよ、紅茶とか」

「ほう……紅茶を飲んだことがあるのか」

あれ？　ポピュラーではないのか？　紅茶って。

「自分で入れられるのかい？」

「いえ……人に入れてもらったのを、飲んだことがあるんです」

「そう、なのか……」

入れ方を教えて欲しかったのかなぁ……ごめんね、おじいさん。

紅茶は美味しく入れるのって難しくて、下手なんだよね、俺。

お菓子に入れるのもありだと思って紅茶を一袋買って、タセリームさんの店に向かった。

珍しく……と言っては失礼だが、店頭が賑《にぎ》わっていた。

「ああっ、よかったー！　来てくれたのね！」

「お届けに来ちゃいました。どうしたんですか、トリセアさん？」

「店長が全然帰ってこなくて、出られなかったのよ！　ホント、ごめんね！　助かったわー」

タセリームさん、どこでさぼってんだ。

トリセアさんはこの店の店員さんのひとりで、リシュレアばあちゃんの三番目のお孫さんだ。

ばあちゃんの手芸店の手伝いがない日は、タセリームさんの店で働いている。

店の奥で商品を確認してもらい、納品完了。


さて、帰ろう……と店を出た。店頭でトリセアさんの声が響いている。

「お待たせしましたー新しいの、出しますよー！」

タセリームさんがいなくて、補充もできなかったのか。お疲れ様です、トリセアさん。

昼時まではまだ時間がある。どうしよう……公園の露店、もう一度見に行こうかなぁ。

うん、そうしよう。美味しいものとかあるかもしれない。

あ、この町で手に入りにくい素材とかあるかな？


素材は、買えるほどお手頃なものはなかった。

でも色々触ったり鑑定して覚えたから、どうしても必要なら【文字魔法】で出せるかな、ふっふっふっ。

ハーブはいろいろあったけど、結局いつものものしか使わないと思うから買わなかった。

黒牛の串焼きがあまりに美味しそうな香りで誘惑してきたので、うっかり二串食べてしまって、手持ちが心許《こころもと》なくなったのもあるけど。

こういう催し物って、どうしても食べ物に目が行くよな……

さて、そろそろ帰ろうかな……と振り返った時、走ってきた人とぶつかった。

思いっきりはじき飛ばされて、尻餅をついてしまった。

「いてて……」

「ごめんよ、大丈夫かい？」

その人のどでかい身体は、武道でもやっているのかと思うくらいがっしりしている。

どこかのテントの護衛の人かな？

「急いでて……すまなかったな。立てるか？」

「大丈夫、で……！」

その人の腰に、銃が見えた。

○

「あっ、ごめんっ、ちょっと動かないで！　落とし物拾うから！」

俺は急いで胸ポケットから万年筆を取り出し、グリップの部分に『α』と付与した。

「おい、あったか？」

「うん、あったよ。壊れてなかった」

俺は、手に持った万年筆を見せた。

「そうか、よかった。じゃあな」

そう言うとあっという間に、小走りで斜め向かいのテントに入った。

『コデルロ商会』と看板が出ている。


露店を見る振りをしつつ、中を窺《うかが》うとさっきの男が遅れたことを誰かに詫びていた。

やはり、この店の護衛のようだ。

メモ用紙に『集音』と書いてその男を指差す。彼らの会話が聞こえてきた。

「……え、ちゃんと渡してきたのか？」

「いえ……渡さなくても……す、え」

うーん、精度がイマイチ？　いや、聞こえてきた。


「なんでまだ持っているんだ！　危ないから衛兵に渡してこいと言ったはずだぞ！」

「これは、私が買ったものですよ！　あなたに指図されることでは……」

「そんな危険な物を持っているなら、うちでは雇わん！　帰れ！」

「大丈夫ですよっ、爆発なんてしません！」


……どうやら……彼の持っている物で、揉《も》めているみたいだな。

銃のことかな？　それとも別にまだ何かあるのか？

とにかく……銃を手放させた方が良いな。

この『α』はまだ何も指示内容を書いていない文字だ。

なので【集約魔法】で付与内容を書けば、自動的に付与される。

爆発はまずい。まず……本体を熱くて持っていられないくらいに……『本体加熱摂氏五十五度』。

「ん……？　あっ、熱ッ！　うわっ！　熱いっ！」

男は慌ててホルスターごと銃を身体から放したようだ。

次に書いたのは『本体高温溶解』。

「うわぁっ！　だから危険だと言ったではないかっ！」

「こっ、こんなこと……こんなことは！　なんで……」

「やはりミューラのものは、全て不良品だったのだ！　誰かっ！　誰かすぐに衛兵を呼べっ！」

多分、本体は殆《ほとん》ど溶けたはず。

温度が高くなると弾がどうなるかわかんないので、指示した紙を折った。

「うわぁっ！　燃えたっ！　水だっ、水を早く！」

あ、ホルスターが燃えちゃった？

すいません、ちょっと高温になり過ぎたかも。

あ、衛兵がふたり、慌てて走ってきたよ。

俺はお暇《いとま》しようかな。発砲される前に、壊せてよかった。

「まだ持っていたのですか？　隠していたのは、あなたの指示ですか？」

……『まだ』？

ということは、この商人から他にも回収した銃があるってことか。

衛兵隊の詰め所に銃があるんだろうな。ちゃんと処分してくれれば良いんだけど……

うーん……気になる。


うちに戻り、ランチタイムのお手伝い。

普通に日常生活しようと思っているのに、なんでこんなにトラブルっぽいことに近づこうとしちゃうのだろう……

多分、止めた方がいい。スルーすべきだって思うんだけど……止めても止めなくても、後悔しそうだ。

ランチタイムの忙しさをこなしながら、頭の中では銃のことが気になって仕方がない。

頭の中で『あれは日常生活には要らないものだ』『あってはならないものだ』と繰り返し聞こえる。

そして『おまえがやるべきことではない』『手を出せばかえって悪い事態になる』と抑制する声も響く。

手出しなんて、できるとは限らない。でも、様子見くらいなら……いいんじゃないか？

スイーツタイムの始まる頃、慌てて部屋に戻り、以前母さんと一緒に作った焼き菓子を魔法で出す。

二口くらいで食べられる、小さめのガレットを沢山出して箱に入れる。

衛兵隊に差し入れの名目で近づこう。

「母さん、俺ちょっと、ビィクティアムさんの所に行ってくるね！」

「ええ？」

「この間のお礼に行ってくる！」

俺は母さんの返答を待たずに、東門に向かって走り出した。

○

お菓子を持って、門の周りでウロウロとして待っている……なんてのは少女漫画的シチュエーションなのでは？　と思ったので、さっさと衛兵隊詰め所の扉を叩《たた》く。

「こんにちは！　ライリクスさんか、ビィクティアム副長官はいらっしゃいますか？」

「あれ？　この間の……タクトくんだっけ？　どうしたんだい？」

あ、一緒に水源の所まで行った衛兵さんのひとり、確かファイラスさんだ。

「はい、この間のお礼というか、うちの焼き菓子を差し入れに持ってきたのでお渡ししようと思って」

「えっ、ほんと？　君の所の菓子は美味しいから嬉しいなぁ！　でも、今、ふたり共いなくてね……」

「あ、じゃあこれ、渡しておいていただければ……」

「いや、折角《せっかく》来てくれたのにそのまま帰すなんて、副長官に怒られちゃうよ。こっちの部屋で待っててくれる？　呼んでくるから」

「忙しそうだし、悪いですよ……」

「へーき、へーき、ライリクスなら、絶対にすぐ飛んでくるから！　待ってて！」

……ラッキー。入れてもらえた。といっても、この近くに銃なんてあるわけないだろうし。


座って窓の外を眺めていたら、ライリクスさんが走ってくるのが見えた。

「タクトくんっ！」

「はいっ！」

勢いよくドアが開いたと同時にライリクスさんが叫ぶもんだから、つい立ち上がって返事しちゃったよ。

「いいところに来てくれた！」

「はい？」

「この身分証入れ作ったの、君なんだよね？」

ケースペンダントだ。買ってくれたのか、ライリクスさん。

「はい。お買い上げありがとう……」

「このやたら強過ぎるくらい強い【強化魔法】も君だよねっ？」

食い気味で来たな。やたらってなんだよ。

「はい」

「強化付与して欲しい物がある。君でなければ頼めない」

「何をですか？　だいたい、強化くらいなら誰でも……」

「あの武器の威力を知っている君でないと、頼めないんだ」

……！

「どういうことか、説明していただけますか？」


部屋を出て詰め所の奥に入ると、地下に降りる階段があった。

長い廊下の先に扉がふたつ、手前の扉に入るとビィクティアムさんと医師がいた。

「タクト……！　ライリクス、おまえ……まだ俺は許可しては……！　うっ！」

怪我……？

怪我をしているのか？

「彼の【強化魔法】でしたら防護壁が作れます。そうすれば、暴発しても大丈夫です」

「……暴発したんですか？」

「ああ、先日この町に入ろうとした商人がこの武器……銃、というそうだ。大量に持っていたので押収した」

なるほど。コデルロ商会だな。

「突き当たりの部屋に置いてある。そこなら爆発しても外に被害が及ばない。先ほど全て破壊すると決定されたので、処理しようとしたら……」

「どうして、俺の【強化魔法】なら大丈夫だと？」

「数発の弾が発射されてしまい、一発は副長官の肩をかすめ、もう一発が……これに当たったのですよ」

ケースペンダントに？　どんだけ強運なんだよ、ライリクスさん！

「衝撃に、全く無傷の硝子など初めて見ました」

「これ……首から提げていたんですか？」

「ああ、ほら、制服には穴が空いてしまいましたが……命拾いをしたよ」

なんて偶然……よかった、ライリクスさんがこれを着けててくれて。

俺の魔法が役にたって、よかった。

「副長官、ここはお任せください」

「タクトに責任は負わせるな」

「判っています。今からすることは『私がする』のであって、タクトくんではありませんよ」

「……近くで見ている。医師殿、終わり次第すぐに伺うので、上でお待ちいただけるか？」

「ビィクティアムさんは、治療を優先してください！　銃の傷は火傷《やけど》を伴っていますから……！」

「私が責任者だ」

長官っていないのか？　ビィクティアムさんが、ここのトップなのか？

くそっ！

ソッコーで処理してやる！

改めて俺に頭を下げるライリクスさん。

「タクトくん、強化付与した盾を用意したい。協力してくれ」

「判りました。でも盾でも防げない場合がありますか……俺のやり方で試していいですか？　危険は遥《はる》かに少なくなるはずです」

暴発した弾が跳弾になって、盾で防げないこともあるかもしれない。

「……わかった。なにを用意すればいい？」

「硝子……破片でも板でも構いません。なるべく沢山。硝子がなければ、硅砂《けいしゃ》でもいいです」

多分一番早く、沢山手に入りやすい物だ。

金属より加工もしやすい。


ライリクスさんはすぐに衛兵達に指示を出し、二階の窓硝子を全部外して持ってこさせた。

はは……すごい決断力だ。

硝子部分だけ壊して、山をふたつ作った。

それを『溶解』で溶かし『成形』でドーム状にふたつ、重なるサイズで作る。

銃は隣の部屋に置かれている箱の中に入っている。

その箱がすっぽり入るサイズのドームを。

内側は分厚く、青紫のインクで『硬度変更』し、グミのように柔らかく粘りのあるものに。

外側には赤で『硬度百』ダイヤモンドと同じにする。

そして三千度までの耐火・耐熱を付与した。

鉄の融点・沸点の温度より高く設定しておかないと、安心できない。

全体を軽くして、ふたつを重ね合わせて一体化する。

そして被《かぶ》せる前に……

「一度、俺が近寄る必要があります」

「どうしても、君でなければ駄目か？」

「はい」

「僕が盾を持つ。いいね？」

「判りました。それでお願いします」


ライリクスさんを前に、俺は軽くした硝子ドームを運びながら、なるべく振動させないように近づく。

そして上の方に置かれている二、三挺《ちょう》の銃に『α』を付与した。

『α』の指示書は二つ折りにしてある。

すぐには発動しない。

なんとかドームを被せ、重量を元々より重くした。

弾が発射されても、爆発しても動かないように床と合体させる。

「これで、暴発しても爆発しても大丈夫です」

「……凄いですね……こんな短時間で、このようなものが作れる上に【耐性魔法】まで……」

「こういう作業は、この身分証入れ作りで慣れましたから」

緊張が解け、改めてドーム内の銃を見てぎょっとした。

半数以上の銃の撃鉄が上がっている！　本当に銃を知らない誰かがこうしたのか？

でも、よくよく見ると弾の入っている物といない物があるみたいだ。では偶然なのか？

「これって押収した時からこの状態でしたか？　この……部分が開いていました？」

「ああ、このままだな」

「……よく、今日まで暴発しませんでしたね……」

「これが……開いている方が危ないのですか？」

「俺にこれを向けた冒険者は、暴発直前にこの部品を動かしていました」

ここで『α』の指示書をそっと開く。

「取り敢えずこのままにしておけば、誰も触れられませんし動かせません。暴発も……」

「……！　タクトくんっ！　すぐに離れたまえっ！」

「え？」

「赤く、変色しているっ！　暴発かもしれない！　早くっ」

「はいっ！」

まだ、平気。でも溶け出した本体が、起きている撃鉄を支えきれなくなる。

真っ赤に箱が燃え上がり、なかで爆発が起こっているような閃光《せんこう》が走った。

音も、温度も、煙も、何も漏れない。硝子ドームは完璧に暴発と爆発を押さえ込めた。

そして、銃の本体はどろどろに溶けたはず。

ドームの中に空気がなくなり、火も消えたようだ。

手の中の『α』指示書を折って、コレクションにしまう。

もう少しすれば、すっかり冷えて固まりになった鉄が現れるだろう。

○

「まさか、全く音すら聞こえないとは……」

医師の【回復魔法】で、少しばかり怪我の状態が良くなったビィクティアムさんが呟《つぶや》く。

「中は全部、溶けてしまったようですね。もう、この覆いを外して平気でしょうか？」

「あ、動かせないと思います。床とくっつけてるので……今剝《は》がしますすね」

ふたりが驚いたような顔を見せる。

ん？

だって床とくっつけておかないと、いくら重くしてもずれることがあるかもしれないでしょ？

「それで……近づく必要があると言ったのか」

「確かに一体化すれば、確実ではありますが……ここの床は木ですよ？　違う材質の物を……よくもまぁ……」

違う材質の物って……くっつけられないの？　ええー……フツーにやってたけど、フツーじゃなかった？

「【加工魔法】が使えるので、結構やっていましたけど……あんまりやらないんですか？　他の人は……」

「できる者など知らんな」

「僕も知りませんねぇ……タクトくんは魔力量が多いから、ゴリ押しでできちゃうんですかね」

そっかー、そういう一般常識、もっと早く知りたかったなー！

もう遅い。できちゃうことは、ご披露してしまった。

ならば魔力量の多さで、力尽くということにしておいていただこう！

「あっ、はい、外れましたよ。これどうします？　今回は加工しやすいから硝子で作りましたけど、本当なら金属でちゃんとしたの、作った方がいいと思いますから……」

「そうだな……しかし、壊せないだろう？　これ……」

「僕では無理です。タクトくん、壊せる？」

「はい、勿論。自分の作った物ですからね。でもこれ、二階の窓硝子ですよね？　元に戻しましょうか？」

ああっ！　また変な顔してるっ！

戻せないの？　戻せるでしょ？

ドームの加工より、よっぽど簡単でしょ！

「……頼めると……助かりますね。いいですか？　副長官」

「ああ、正式な仕事として頼む。魔法師組合に依頼書も出しておくから、明日にでも確認してくれ」

「はい、了解です。じゃあ、みなさんに窓枠持ってきてもらってください」

そして窓枠が運び込まれ、俺はサクサクと硝子板を成形して、衛兵さん達にガン見された。

できる子なんですよ、俺って意外と。

「あ、そうだ。ついでにこれ、強化硝子にしちゃいますか？　矢とか石とか防げた方がいいでしょ？」

「ついで……にやるものなのか？　強化ってのは……」

「タクトくんにとっては、その程度の『作業』なんですねぇ……お願いできると嬉しいです」

「かしこまりましたー」

「君は本当に、かるーく魔法を使うねぇ……相当な負担だと思うのだが」

「鍛えてますからね、ふっふっふっ」


翌日、魔法師組合に行くと衛兵隊からの指名依頼が入っていた。

昨日の件と、一階部分の窓硝子への強化付与も追加記載されていたので、詰め所にやってきた。

「タクトくんっ！」

またしてもライリクスさんがドアを勢いよく開けて、一階廊下にいた俺に走り寄ってきた。

「……なんですか？」

「昨日の焼き菓子！　君の店で出してるものなんだろ？　持ち帰りはできないのかいっ？」

「承っておりません」

「なんでだよーっ！　お菓子の時間は僕、間に合わないんだよっ！」

「それは……残念ですね？」

ライリクスさんは甘党のようだ。スイーツ男子部にようこそ。

「今度また、差し入れしてあげますよ」

「本当かい？　絶対だよっ！　ゼッタイ！　いつ？　今度は、いつ来る？」

「……『魔力の状態』ってやつを教えてくれたら、早まるかもしれませんねぇ？」

「魔力は常に安定しているわけではなく精神状態に左右されるところが大きい。負の感情や行動では特に揺らぎが大きくなり、意図せず魔力を使って平静を保とうとするから平時と比べて濃い色が見える……僕にはね」

即答かよ。スイーツの魅力、恐るべし。

「魔力が色として見えているってことですか？」

「僕の魔眼は、そういう種類だということだ」

「魔力を見分けることは、魔眼でしかできないんですか？」

あ、渋い顔になった。

「質問が多いな……」

「焼き菓子を二種類にしましょう」

「うん、多分、魔眼でしかできない」

本当にこの人、これで良いのか？

審問官が、こんなに簡単で良いのかよっ！

「じゃあ……看破の魔法や技能があっても見られないということか。魔眼って生まれつきなんですよね？」

「僕の魔眼は、生まれつきじゃないよ？」

「えっ？」

後天的に魔眼になるってこともあるのか。

「成人の儀で目覚める能力や才能もあるからね。僕はその時に魔眼になった」

「魔力の種類……って、赤魔法とか青魔法とかも、判るんですか？」

「……」

「明日持ってきますよ？」

「判るね。だいたいだけど、どういう種類の魔力が揺らいでいるかは区別できる」

うっわー……今回、赤属性と白属性しか使ってなくてよかったー。

「不思議なんだよねぇ……君の魔力は。子供のくせにやたら安定している。あんなに均等に付与が入るのも、何十年も研鑽《けんさん》を積んだ魔法師のようだよ」

【文字魔法】が、そういう種類の魔法なんだと思いますよ？」

見た目より十年ほど、長く生きてるせいな気もするけどね。

「独自魔法は確かに型にはまらないけど……ある一点が飛び抜けているいびつな魔力が多いから、解りやすいものが多いんだけどねぇ」

「独自魔法って……持っている人は多いんですか？」

「少なくはないね」

「そっか……みんなも持ってるのか」

まぁ……個性みたいなものなのかもしれないなぁ。

「そういうのを纏《まと》めた本とかないんですか？」

「……」

「三種類にしましょう」

「あるよ。皇宮司書館に行けば、見ることはできる」

あるのか！　見たい！

「でも君のものは載っていない気がするけどね。君の使う『文字』は全く未知のものだから」

うーん……そうか……そうかもなぁ。

でも、もしかしたら過去にも、こっちに来た前の世界の人がいるかもしれない。

そうしたら、少しは似ている魔法や技能があるんじゃないかな？

機会があったらその司書館で見てみたいけど……王都に行く気はしないしなー。


すっと俺の側から離れ、ライリクスさんが笑顔で手を振る。

「じゃ、明日楽しみにしてるねぇー」

「は？　ああ、はいはい」

うん、ちゃんと作ってきてあげよう。色々、魔眼のこととか面白かったし。

何か聞きたいことができたら、たっくさんスイーツ持ってまた来よう。

ホント、いい情報はただではないからね。


翌日、焼き菓子三種の詰め合わせをライリクスさんに届けたら、涙を流して喜んでくれた。

……そんなに食べたかったのか。

こういう人のために、夕方だけ限定で焼き菓子のテイクアウト、売ってもいいかもしれない。

そして、試食に一個だけ、新作のココアマカロン擬《もど》きを渡した。

ライリクスさんの瞳がめっちゃキラキラしていたので、近いうちにねだられるだろう。

聞きたいこと、纏めておこうっと。

ライリクスとビィクティアム

「旨《うま》そうなものを食ってるな」

「召し上がりますか？　副長官」

「いや、甘いのだろう？」

「ああ、あなたは甘味《かんみ》より酒でしたね」

「おまえは飲まないんだよな？　下戸か？」

「酔うと魔眼の制御が利かなくなって、気分が悪くなるから飲まないだけです」

「そういうことにしておいてやろう。これ、ミアレッラさんの作ったものか？」

「いえ、タクトくんだそうですよ」

「こんなものまで作れるのか……昨日の硝子といい、なんだってあんなことがさらりとできるんだ」

「……器用なんでしょうねぇ。独自魔法をあの年で使いこなせている」

「昨日は、何か聞き出していたのか？」

「いえ、どちらかというと聞き出されていました」

「おいこら、審問官！」

「大したことじゃありませんよ。彼は……独自魔法に、興味があるみたいでした」

「自分のと比べたいとか？」

「うーん……どちらかというと、独自魔法というものを深く知りたいと思っている感じでしたね」

「やっぱり、タクトのは視《み》えないのか？」

「はい。本当に全く嘘《うそ》がないんですよ。答えたくないことには答えず、別の方向へ話を持っていくだけ」

「あんなに頭が回るくせに、常識的なことは知らん。しかも変にカンがいい」

「魔力量の多さも、技能の練度も破格、なのに基本は解っていない……意味が判りません」


「それと……気付いたか？　入れ替えた二階の窓硝子、夜になると顔が映る」

「表面に凹凸がなく、歪《ゆが》んでいないということですか。余程性質や組成を理解しているのでしょう……どこで学んだのか」

「他国の者だと聞いた……もう、国自体が亡《な》いようだが」

「他国出身なのに、言葉に訛《なま》りがないのはどうしてだと思います？」

「教育……か？」

「そんな高度な教育をされている『平民』なんているんですかね？」

「実はな……あいつが以前使った『家族から渡された』という【文字魔法】の札があまりに強い魔法だったのも、気になっててな……」

「その強力な攻撃魔法で、身を守らねばならない立場だった……？」

「ああ、そうかもしれないと思ってな」

「亡国の貴族……それもかなり上位。若しくは……王族の傍流《ぼうりゅう》、とでも？」

「いくら何でも飛躍し過ぎか？」

「いえ、その可能性を考慮しておくべきでしょう。彼の才能や技能が外部に知られれば、確実に多方面から狙われます」

「……まだ成人前だ。これからもっと、魔力も強くなるだろう」

「『平凡で楽しい日常生活』……」

「ん……？」

「タクトくんがそう言ったんですよ。夢は平凡で楽しい日常生活だと。子供の見る夢じゃあ、ありません」

「そういう暮らしに憧れるような……状況にいた、ということか」

「その夢は……かなえてあげたいです……」

◇◆◇

衛兵隊詰め所で銃の始末をしてから、九日ほど経《た》った。

水源への毒物混入の件はどうなったのか気にはなったが、誰の口にも上らないだろう。

箝口令《かんこうれい》は、堅く守られているようだ。

ビィクティアムさん達は、わざわざ俺に事の顛末《てんまつ》など教えてくれはしないだろう。

一般人だしね。俺は。まぁ、誰も被害が出ていないならいいんだよ。


「最近、身体の調子が良いんだよ」

「へぇ？　咳《せき》が出るって言っていたのが良くなったのかい？」

「ああ、全くなくなったんだ」


「近頃肌が綺麗になってきたみたいなの」

「私もよ。手荒れで困っていたのに、ほら」


うちに来るお客さん達がそんな会話をしている。

これは浄化水の効果が出始めたかな？

がっつり『体内毒素消去』とか『体表面洗浄浄化』とか付けちゃったからね。

飲めば身体の中のデトックスになるし、身体に掛けるだけでばい菌も取り除ける。

勿論、身体だけでなく、水洗いだけで道具や食品の表面に付いている菌などもなくなるのだ。

二段構えで付与しているから、町中の水道で毒物を入れたとしても余程大量でない限り、水に触れれば浄化しちゃうくらい強力になっている。

そしてこの水、汲《く》み置《お》きして一刻……二時間くらい効果が持続する。

二時間で効果がなくなるのは、魔法付与している文字と切り離されるからかもしれない。

それでもここまでもつのは、なかなか良い成績だと思う。

あとは、あの付与した文字がどれくらいもつか……ということだ。

この付与魔法は常に働いているから、文字に最初に込めた魔力を消費し続けているはず。

文字から魔力のストックがなくなれば、魔法自体が発動しなくなるのでまた魔力を供給するか書き直さなくてはならない。

ライリクスさんから聞いた『魔力の状態』ってのが俺にも見えれば、文字の魔力が弱くなったのを確認できるかと思ったんだが……

「魔眼じゃないもんなぁ、俺は」

うちの井戸に同じ文字を付与したのも、水源に付与した日と一緒だ。

この文字の効力が切れれば、水源と中央噴水の文字も魔力を失っていると考えて良いだろう。

俺の付与魔法が、どれくらいもつものなのかの目安にも使える。


そんなことを考えながら洗い物をしている時、母さんに呼ばれた。

「タクト、ちょっと」

「ん？　また混んできた？」

「違うよ、おまえに話を聞きたいって人が、来ているんだけど……」

誰だ？

俺は食堂内に目を向けると、ニコニコした小太りのおじさんが立っていた。

……全然知らない人だ。

「ああ！　君がタクトくんですね！　私はコデルロと申します」

コデルロ……あ！

銃を大量に持ち込んだ商会の……会長さん？

「タセリームくんに君を紹介されてね。ちょっと話をしても構わないかね？」

「タセリームさんのお知り合いの方ですか……じゃあ、工房の方で」

父さんはさっき、鍛冶師組合に出かけて留守だ。

工房側なら消音の道具があるから、食堂側に会話は漏れないだろう。


工房の受付カウンターには、ひとつだけだが椅子があるのでかけてもらった。

俺は裏から工房へと入り、カウンター越しに話をする。

「何か、御用ですか？」

「君が坑道整備の燈火を作ったと聞いてね」

ああー、簡易懐中電灯擬きのミニチュア燈火ですね。

「そうですけど……もう作る気はないですよ？　俺は鍛冶師じゃないし」

「……タセリームくんからもそう言われるだろうと聞いてはいたけど……本当に作らないのかい？」

「はい。結構面倒だし」

嘘ですー、面倒ではないけど、文字魔法師としてああいう作業でお金貰うのは、なんか嫌なんですー。

「ううむ……そうだろうね。あれだけ精巧な物を一から全部、ひとりで作るのは。では、その作り方を教えてもらってだね、君の意匠として我が商会で作製・販売する権利をいただけないかね？」

「作り方をお教えするのも、販売許可も構いませんが……魔法付与までは、教えられませんよ？」

てか、俺のやり方は多分誰にもできないし。

「ああ、それはそうでしょう。君は魔法師なのだから、その技術までさらけ出せとは言いませんよ」

タセリームさんといいコデルロさんといい、この世界の人は権利関係にはちゃんとしているのかな。とても好感が持てる。

「それなら、構いません。でも、販売したものは全てコデルロ商会の責任で点検や修理、苦情があった場合の対応をしてくださいね」

「もちろんですとも！　ははは、君は本当にタセリームくんの言った通りの子ですねぇ」

「……可愛げないガキ、とでも言ってましたか？」

「しっかりしていて先見の明がある、と言っていましたよ。確かにその通りだ。私も君となら安心して取引できると確信しました」

タヌキ親父《おやじ》め……試していやがったな。

「では素材をお伝えしますので揃《そろ》えてください。揃ったら作り方をお教えしますが、五人までです。それ以上の方に作らせたいなら、その五人が完璧に覚えて他の人に教えてください」

「解りました。すぐに用意しましょう。素材は……五日もあれば何とかできるでしょう」

「はい。習いたい方々がここに来てください。他での講習はいたしません」

「いいでしょう。一日でできるものですかね？」

「そうですね……その方々の技能にも依《よ》りますが『金属加工』【加工魔法】『石工技能』『鍛冶技能』が全てあれば割とすぐに覚えられます」

あれ……？　コデルロさん？　何、固まっているんですか？

「き、君は……それを全部習得しているのか……これは思っていたより……解りました、教えてもらうのは十日後くらいでいいですかね？」

「ええ、構いません」

そうか、技能を確認してから人を集めるのは、大変だもんな。遠くの人もいるかもしれないし。

「俺の方で予め《あらかじ》、必要な魔法を付与した部品を用意します。その部品は消耗品ですので、今後販売するとなると、都度、これを仕入れていただくようになります」

「うむ、その辺は大丈夫ですよ。ちゃんと魔法師組合に定期取引として依頼を出させてもらいますから」

ほほう、定期取引！　これは安定収入の気配ですぞ！

ふはははは！

でも電池の販売だもんな。そんなに大きくはないか。


そして俺は羊皮紙に必要素材を全て書き出して、コデルロさんに渡した。

なんだか難しい顔をしていたけど……あ！　竹が手に入りにくいのかな？

「コデルロさん、もし竹が手に入りにくいのでしたら木綿糸とタール……ええと、木の乾溜《かんりゅう》液と煤《すす》でも大丈夫ですよ？　品質は少し落ちますけど……」

「いいえっ！　大丈夫ですっ！　コデルロ商会の名にかけて、必ず全て揃えますともっ！」

商人としての面子ってやつですな。

でも、竹が手に入るなら、少し分けてもらえないかなぁ。

竹で籠とか、笊《ざる》とか作ったら使い勝手がよさそうなんだよなぁ。

○

コデルロさん訪問の翌々日、衛兵隊の長官にビィクティアムさんが就任したことが発表された。

……最後まで、前長官は謎の人のままだった。姿、見なかったもんなぁ。

副長官はライリクスさんかと思いきや、ファイラスさんだった。

俺が思っていたより、優秀な人だったのかもしれない。なんか、すいませんでした……

ライリクスさんは……相変わらずのようだ。出世には興味がないのだろうか。

教会の司祭や神官も、何人か入れ替わった。人数もがくっと減ったみたいだ。

いなくなった人達は……全員馴染みがなかったから、特に感慨もないのだけれど。

もしかしたら、あの冒険者一味と繋《つな》がりがあった神官が捕まって責任取らされたりしたのかも
……今度はそういう、不届き者が出ないといいですね。

今日は以前ライリクスさんに試食で作った、マカロン擬きをスイーツタイムに出そうと思っている。

母さんがめちゃくちゃお気に入りで、簡単な作り方しか説明していないのにほぼ完璧に再現してしまったのだ。

ただ……一口サイズではなく、どら焼きくらい大きい。

これはマカロンではなく、ケーキと言っていいかもしれない。しかし、めっちゃ旨いのである。

なので絶対に、人気になること間違いなし。

またタセリームさんからココアも買えたし、スイーツ部はとても順調である。

今度は、紅茶のケーキを頼もうと思っている。

母さんにスイーツを作ってもらう代わりに、パンは俺が作るようになった。

基本はフランスパンのプチパンとかカンパーニュなのだが、たまにロールパン的な柔らかいものも作る。

興が乗るとデニッシュ生地みたいなのにジャムを使った菓子パンなども。

こっちに来てから、パン作りにはちょっと嵌《はま》っているのだ。

そして父さんの修理工房でも、俺は【加工魔法】で定型化した手順の修理を担当している。

細かい手作業の技術を要するものは、まだまだできないけど。

そして、魔法付与をして欲しいと持ち込まれる物品も少しずつ増えてきた。


その日、昼のラッシュが終わる頃、あるお客さんから呼び止められた。

いつもスイーツタイムに来てくれている女性客のひとりだ。

今日はお昼ご飯も、うちで食べてくれたのか。ありがたいことだ。

「え？　これに……俺の意匠証明？」

「そう。これ、一番最初に、あなたが作って、ここで売った物でしょう？　これには……あなたの印がないんだもの」

あーそうだよね、試作品というか、プロトタイプとして作った物だし……

「そっか、あの印を考える前の物だからなぁ……」

「だから、これにも、あなたの作った物っていう、証明が欲しいの……」

「でも、なんで今更……？」

「……偽物が、出回ってるの……」

偽物？　あー、別の店がケースペンダントを真似《まね》て、作り出したってことか。

「偽物には、透かしの印がないの。これにも……ないから……偽物扱いされるのが、嫌なの」

「そうかぁ……最初に出したものは、所謂《いわゆる》『原型』で……後ろに番号が振ってあるだろ？」

「……『5／35』……っていうこれ？」

「そう。三十五個しかないうちの、五番目の物って意味」

「五番目の原型……ってこと？」

「うん。それと同じ意匠の物も、タセリームさんの所で売ってるけど、その大元《おおもと》がそれってことなんだ」

「それは……それで、嬉しいのだけれど……やっぱり、知らない人には、偽物扱いされるの……」

そっかー、そうだよなぁ……うーむ。

最初のお客様に、悲しい想《おも》いをさせるのは本意ではない。

「わかった！　今、意匠証明を付けるよ」

どうせなら特別な物にしよう。

「君の好きな色で、君の名前も一緒に入れるよ。どうかな？」

「……！　本当？　それ……凄く嬉しい！」

工房のカウンターへ行って、彼女に名前の綴《つづ》りを書いてもらう。

『メイリーン』さん、か。

指定は緑色。

色も、タセリームさんの所では使っていない緑にしよう。

身分証を外したケースの金属部分を、【加工魔法】でオーバルに刳り抜く。

用意した石に彼女の名前を透かし彫りして、空中文字で緑を入れる。

これは、魔法にはならないだろう。固有名詞だからね。

それを裏からはめて、緑の空中文字で俺のマークを付与すると……一体化&破壊不能強化！

はいっ、できあがりです！

メイリーンさんはもの凄く喜んでくれた。

大事そうに握り締めて、店を出た後も何度も俺に手を振ってくれた。

……いい人が買ってくれたなぁ。

そうだ、他の人も偽物騒ぎに巻き込まれているかもしれない。

母さんに断って、食堂にお知らせを貼っておこう。

『この店で買った身分証入れをお持ちの方で、意匠証明を入れて欲しい方はお声がけください』

よし、これでいいかな！

これが……なかなかご好評だった。

やはり偽物だと言われた人が他にもいたようで、悔しかったそうだ。

俺は、タセリームさんを見くびっていたかもしれない。

こんなにもブランド展開が巧《うま》いとは……いや、きっと石工職人さん達の作った物が、もの凄くできがいいから人気なんだな！

それの模造品扱いされるのが、やっぱり不満なんだろう。

うん、きっとそうだ。俺が人気な訳ではない。いい気になってはいけないぞ、タクト！


勿論、意匠追加にいらした皆さんにも色を選んでもらい、名前も一緒に入れた。

「図らずも、顧客名簿ができてしまった……」

何と一番を買ってくれたのはリシュリューさんだった。

あの人、あんなスチパンなデザイン好きだったのか……人の好みは解らないものだ。

「残りは……二十六番と三十三番だけか」

皆さん使ってくれてて良かった……捨てられちゃっていたら、泣いちゃうとこだったよ。

「おう、タクト、これにおまえの印頼むよ！」

「いらっしゃい……って、デルフィーさんが買ってくれてたの？」

「今までのはすぐ肌が気触《かぶ》れちまってたんだが、これにしたら全然気触れなくてよー。助かってるぜ」

そっか、今までのは鉄だったからな。

俺のは全部チタンだから、金属アレルギーが出なくなったのかもしれない。

デルフィーさんは二十六番っ……と。

あとひとり、三十三番さんはどんな人だろうなー。

○

「……まさかビィクティアムさんだったなんて、思ってもいませんでしたよ」

翌日に持ってきてくれた、三十三番のケースペンダントの所有者。

「妹が買ってきてくれてな。俺はどうもこの鎖が痒《かゆ》くて苦手だったのだが、タクトのは平気で助かってる」

そしてまさかの金属アレルギー……腫れたりするほどではないにしても、痒いのは嫌だよな。

「で、意匠証明、入れますか？」

「うむ……それも頼みたいのだが……すまん、ちょっとこの魔道具を使っていいか？」

これ、音を外部に漏らさないようにする魔道具だ。もしかして、あの銃絡みの話か？

「構いませんけど……じゃあ、奥に行きませんか？」

「解った。助かる」

工房側に移動してもらって、俺も忘れないうちにケースペンダントを加工してしまおう。

ビィクティアムさんには、青で名前とマークを書き込み、一体化と強化。

お世話になっているからついでに、防汚とかも付けてあげちゃおうかなー。

「本当におまえの魔法は、均一に入るんだな……見てて気持ちいいくらいだ」

この人も、ある程度は見えているんだよなぁ。

鑑定ほどではない、魔力の揺らぎってやつっぽいけど。

「そうですか？　俺にはこれが普通なんで、よく解らないです」

「妹が、目の前で見たおまえの魔法に感動していたぞ？　もの凄く効率の良い魔法だって」

妹さん、誰だろう……気になる。

効率まで見えているか、感じているってことは、看破か少なくとも鑑定が使えるんだろうな。

「妹さんも衛兵隊なんですか？」

「いや、医師だ。西・茜《あかね》通りの病院に勤めている」

お医者さんかぁ……じゃあ、鑑定とか持ってて当たり前だよなぁ。


魔道具を発動させて、改めてビィクティアムさんがゆっくり話し始めた。

意匠証明を入れるのは口実で、こっちが本命の話なんだろう。

「まずは、銃の件は助かった。感謝している。あのあとはどこからも出てきていない」

「この町で売れていないだけでなく、持ち込みもされていないってことですか？」

「ああ、隠し持っていた者が三人ほどいたのだが、立て続けの暴発・溶解などの事故で自ら衛兵隊に提出してきた。他に件《くだん》のミューラ商人と接触した者は見つかっていない」

「じゃあ、取り敢えず収束したってことですか。良かった……」

「実は……別件で頼みたいことがある」

別件？

「やつらが水源に入れようとしていた毒がどういうものかは知ってると思うが、あれと同じ物を別の場所からも押収している」

「まだ……あったんですか。町の中で？」

「ああ、町の中と、何人かの商人が中身を知らずに運び込もうとしていた。だが、問題は別のものなんだ」

「別のもの……とは？」

ビィクティアムさんは、溜息《ためいき》を吐《つ》きながら言葉を続ける。

「それは、薬でな。薬効はありそうなんだが、今までシュリィイーレでは見たことのないものだ」

「医師組合とか、薬品組合でも解らなかったんですか？」

「解らなかった。外部からほんの少しだけ持ち込まれたもので、どうもあの毒に効きそうではあるのだが……確信も持てない」

……まさか。本当に、新薬の実験だったとか？

「おまえが言った『臨床実験』だとしたら……と考えると、腑《ふ》には落ちるのだが、数量が圧倒的に足りない。あれでは実験になどならない」

「それで……俺に頼み……とは？」

「おまえは【加工魔法】が使える上に、分解ができるのだろう？　そうでなければ違う素材の一体化など不可能だ。魔力量の多さだけでできるとは思えん」

できます。そうですね。解っちゃいますよね。

「今、この町でこの件を知っていて、その重要性が理解できる者の中で、成分分解を含む【加工魔法】が使える者がおまえだけしかいない」

「その薬と毒の組成分解と、成分比率を調べたい……ということですか」

「おまえは話が早くて助かる……この件は、魔法師組合を通すわけにはいかない。秘匿しなくてはいけない重大な事件だ」

そうだよなー……組合を通すとなると、全部情報を開示しなくちゃならなくなる。

町のみんなを実験台にするために使われそうになった毒とか薬とかの鑑定してくださいーなんて言える訳ないもんなー。

「解りました。俺も片足どころか、ガッツリ踏み込んじゃってますからね……決着つけるためにできることなら、協力します」

「本当に……すまないと思っている。ライリクスは視ることはできても、分けることはできんし、タクトほど精度の高い魔法が使える者が見当たらないんだ」

「でも、無料奉仕はお断りします」

「勿論、報酬は用意する。何か望みのものはあるか？　衛兵隊でも俺個人でも、できることならなんでもするぞ」

「実はー……手に入れて欲しい素材があるのです」

「素材……？」

「はい、錆山《さびやま》のできるだけ奥の鉱石を……何個か」

あの山の鉱石は、もの凄く色々なものが入っている。それもかなりの多種多様な、レアメタルばかりだ。今はまだ利用価値のないもののもあるけど、絶対に貯《た》めておいて損はない。狙っているのは貴金属系かタングステン鉱石なんだが、これらはちょっと難しいだろう。

ふっふっふっ、最近鉱物もコレクション対象になってきたのですよ。

どの色のインクと組み合わせたら、どういう変化が現れるのかを調べるのが楽しいんだよねー。

「……欲がないな。おまえは……」

はぁ？　何を言っているんですか！　あの山は宝の山ですよ！

全部組成分解して単一素材にしておけば、配合次第でなんだって作れちゃうようになりますよ！

魔法と組み合わせれば、もの凄く有用な……何か、は、できますよ！

まだ全然、プランはないですけどね！


交渉は成立した。

俺は昼時間が終わったら訪ねるという約束で、ビィクティアムさんにはうちで昼食など取って待ってもらうことにした。

勿論、ちゃんとお支払いをしていただく。

○

さて、そろそろビィクティアムさんの昼食も終わるし、混雑もなくなってきたので出かける用意を……と支度し始めた時。

「ここで印、入れてくれるって聞いたんだけど」

食堂に入ってきていきなりそう言った男性は、いくつかのケースペンダントをじゃらじゃらさせている。

誰だ？　こいつ。取り合わないのが一番だな。

「……ここは食堂だよ。どっかの鍛冶師工房と、間違えてないかい？」

「ここの食堂にいるやつが作ったもんなんだよ、これは！」

「そんなもの作ったやつは、ここにはいないよ」

男はそんなバカな……みたいな顔をして辺りを見回す。お客さん達は、黙って男を睨《にら》んでいるだけだ。

突然、男はびくっとして、そそくさと出て行った。

ああー、衛兵隊長官殿と目が合っちゃいましたか。そりゃあ、しっぽを巻いて逃げ出すよねぇ。

製作者の情報も知らないで乗り込んでくるとか、バカの極みだ。

しかも持っていたケースの意匠は、あまりに雑で酷《ひど》いものだった。

「偽物ってあれかぁ……」

クオリティが低過ぎて、腹が立つというより呆《あき》れ果《は》てる。

「よく偽物とわかったな？」

「判りますよ。鎖と台座の金属部分は全部俺が作っているんだし、石細工も全て目を通してから、魔法付与で仕上げているんですから」

「……凄いな、全部か？　結構な数だろうに」

ビィクティアムさんが驚いているが、一日十個で魔法自体が小さいものだからね。

……たまに十個以上、あるけどね。

「それに、俺が作った原型で印がない物はもうひとつもないですよ。全部付与が終わっていますから、印のない物は全て、俺の作った品ではありません」

貼っていたお知らせの羊皮紙をはがす。

俺がいない間に今みたいな不埒《ふらち》者が現れても、取り合う必要はないって父さんと母さんにも伝えておかなくちゃ。

衛兵隊詰め所地下の一室で、あの毒と薬の組成を調べる。

粉とか飛んだりするとまずいし、吸い込んでも大丈夫だけど吸い込みたくない。

でもここで、防塵《ぼうじん》マスクとかは出せない。

俺は持っていた鞄《かばん》から出す振りをして、コレクションから硅砂の粉と和紙を取り出した。

硅砂で両手が入る穴を作った硝子ケースを作り上げる。

ゴムとかラテックスはないので、放射線状に切れ目を入れた和紙を穴に貼る。

組成分解の指示を書いた紙二枚を中に入れ、それぞれ上に毒ともうひとつの粉を置いた。

まずは、毒の方だ。

「……分かれない、ですね……？　これって、合成物じゃないみたいです」

人工的に作った物ではなく、自然のものを抽出して粉状にしただけっぽい。

「作られた毒でないというのか……？　では一体、何の毒なんだ？」

「この毒はおそらく、この皇国のものではないのでしょう。関節や筋肉に毒性がある……ということが解った程度でしたから」

ビィクティアムさんとライリクスさんは、視えてはいても知らない物だから特定できないのだろう。

「そういえば、三人ほど他の商人から毒を押収した時に吸い込んで、症状が出た者がいたな？」

「発熱と関節痛を訴えた者はひとり、下痢をしたり嘔吐《おうと》した者がふたりでした……もしかしたら違う毒なのかと思ったのですが、全く同一に視えました」

んんん？

なんか……思い当たる気がする。えーと、じいちゃんが言ってた……えーと……もう少し情報が欲しいな。

「あの……その人達、今は？」

「今はもう何ともないそうだ。水を飲ませて横になっていただけだが、吸い込んだ量が少なかったのだろうな」

それは……魔法付与した浄化水で、デトックスされた可能性がある。

「そういえば、ファイラス副長官殿は水がピリピリして飲めないって、なかなか口をつけませんでしたねぇ……」

ピリピリ……？

水が？

あ……あああっ！

思い出した！

「ミューラって、南の方の国ですか？」

ふたりは突然なんだという顔をしたが、そうだと答えてくれた。

「海に面していて、色の鮮やかな魚が捕れたり？」

「その通りです……どうしてそんなことを？」

「多分、これ、魚の毒です」

「……魚？　どうしてそんなことが……？」

「昔、祖父の知り合いが南国で魚を捕って食べた時に、毒に当たって大変な思いをした……という話を聞いたことがあります」

「それが、今回の毒と症状が似ているのか？」

「関節・筋肉などの神経毒で、人によっては下痢や嘔吐、脈の異常なども起こります。普通の水がもの凄く冷たく感じ、ピリピリして触れなくなります」

「では、こちらの物はその薬か？」

「いいえ、これは薬ではありますが、治療薬ではないです。おそらくただの痛み止め。その魚の毒は薬がないのです」

「では、治療は……」

「体内に入った毒物を洗い流すしかありません。つまり、大量の水を飲ませて吐《は》かせるとか、洗浄する」

沖縄で自分で釣った魚を食べたじいちゃんの友達が、そんな症状で病院に担ぎ込まれたことがあった。

「でも、死亡する毒ではないのか……」

「軽度の人で七日ほど、重症だと一ヶ月から一年くらい関節痛などが続くようですが。祖父の知り合いは、十日ほどで治っていました」

だから、これが実験だというのなら。

「こっちの薬は、もし仕掛けた者が毒に侵された場合の、当座の痛み止めではないでしょうか」

毒の方が大量にあった理由は……効果期間か、範囲を変えるため？

「実験だというなら、薬の方ではなく毒の方の実験です」

冬場、この辺りは交易には向かない。隣町経由の商人達も、全く来ない。

冬の間は碧《あお》の森も錆山も閉まるから、素材の買い付けに来なくなるのだ。

その上、雪が積もって入れない。

だからこそ、冬場この町が機能しなくなっても被害は最小限……と考えやがったのかもしれない。

「水源に段階的に毒を入れていき、どのくらいの量でどこまで広がるか……というような実験だったのではないか、と思います」

あああーっ！　むかっ腹が立つ！

俺の第二の故郷に、なんてこと仕掛けようとしたんだ！

ミューラ、許すまじ！

いや、まだ確定はできないな。焦ってはいけない。

「ミューラでは……内乱の噂《うわさ》がありますね」

ライリクスさんの声が一段と低くなり、冷気を帯びているかのようだ。

「政敵に仕掛ける毒でも作ったか。殺してしまうと民の支持は得られない。が、敵の動きは封じたい……と」

「その効果と範囲を……我がシュリィイーレで、試そうとした……？」


バキッ！


ライリクスさんの持っていた筆記具が割れた……

マジ怒りだ。

ライリクス・ボルケーノの爆発だ！

「あいつら、ただじゃおきません。長官、私にお任せいただいてもよろしいですか？」

「ああ、頼む。全部吐かせろ。何をしても……殺さなければいい」

「了解です」

何を……されちゃうのかは、聞かない方がいいかもしれない。

多分、ビィクティアムさんは教えてはくれないと思うけど。

「犯人……全員、捕まっているんですか？」

「この町にいたやつらは……な。ミューラの商人も似顔絵が手に入ったので捕らえられたし、協力者も……」

「もしかして……結構上の地位や役職の方に……一味がいたとか？」

「……」

「あ、言わなくていいです！　そういう暗部は、覗《のぞ》きたくないですっ！」

「賢明な判断だ」

取り敢えず、この一件はこれでお終《しま》い……なのだろう。

黒幕がどこにいるか解らないし、ミューラの思惑って考えも今の時点ではただの想像に過ぎないし。

本当に、水源が汚染されなくてよかった……俺の浄化の魔法も、役にたてたみたいで安心したよ。

ビィクティアムとファイラス

「お騒がせいたしました、長官」

「もう具合は良いのか、ファイラス？」

「はい、あの痛みが嘘のようですよ。一過性の毒で助かりました……」

「商人達はどうしている？」

「五人ほど毒を吸い込んでしまった者がいたようですが、彼らももう大丈夫です」

「渡す先は、やはり神官だったか？」

「いえ、私が聞き出したのは……薬師組合の組合長です。もう捕らえられましたので、もうすぐ連行されてきますよ」

「はぁ……司祭と、神官と、組合長と……うちのバカか……」

「前長官はとことんバカでしたねぇ。横領だけならまだしも、この計画にまで荷担していたんじゃ……王都に送りますか？」

「罪人をわざわざ皇王の御前に送ってどうする。ここで処分して、事後報告だ」

「はい、了解です」

「なんでのんびりできるかと思った赴任先で、こんな面倒に巻き込まれるんだ……」

「どこに行っても、有能な人間は忙しいものです」

「おまえに全部やらせるから、覚悟しろよ？」

「僕にやらせると絶対に手を抜きますけど、いいですか？」

「安心しろ。監視はつけてやる」

「えぇぇ……お菓子の時間だけは、死守しますからね」

「ライリクスに恨まれるぞ。なんだってここの衛兵達は、皆甘いもの好きばかりなんだか……」

「美味しい店が多いですからね。でも、最近の一番はやっぱり、タクトくんとミアレッラさんの焼き菓子ですね」

「昼飯も旨かったな、そういえば」

「……タクトくんの出身国は、全く情報がありませんでした」

「そうか。貴族の文官であるおまえの家系なら、何か手がかりがあるかと思ったが」

「うちはしがない傍流貴族ですよ。長官の家系の方が、よっぽど情報量は多いでしょうに」

「あまり知られたくないんだよ。俺が不用意に動くと目立つ」

「それにしても凄い家系だったんですね、きっと。南の国で魚を自由に捕れる方とお知り合いなんて」

「交易もそうだが、医療の知識があそこまであるとは驚いた」

「そうですね……毒についてあんなに詳細に……皇家の御殿医だって、なかなか持っていない知識量です」

「薬のない毒だということも解っていた。しかも対処法まで。あんな知識は普通、必要ないだろ?」

「毒殺の危険があった……ってことなのかもしれませんね。あの毒を十日で治せるほど医療が進んだ国でありながら、その知識が子供まで必要だったということでしょうか」

「彼の周りは、なるべく警戒しておけ」

「了解です。毎日必ず様子を見に行きます」

「おまえ……菓子を食べに行きたいだけじゃないだろうな?」

「……」

◇◆◇

今日は『燈火作り講習』の日である。

うーむ、カルチャースクールを思い出すね。

父さんには今日だけお休みしてもらって、工房を使わせてもらうことにした。

朝、五人の職人さん達を連れて、コデルロさんがやってきた。

……タセリームさんまで来ているのはなぜだ。

「タセリームさんには、教える約束をしていませんよ？」

「いいじゃないかぁ、興味があるんだよ」

「コデルロさん、タセリームさんを加えるなら、職人さんをひとり外してください。約束は五人まで、です」

「タセリームくん、食堂の方で待っていてくれるね？」

「……はい」

当たり前だろ。契約にないことを、なあなあで了承はしないのだ。

タセリームさん以外の全員と工房へと移り、消音の魔道具を発動させてから燈火作り講習開始。

「では、この羊皮紙に作り方の手順を書いてありますので、ひとり一枚差し上げます。他の方に教える時は、これを写した物を必ず渡してください」

最後に入れる電池は、俺が作るのでここには書いていない。

「あの……」

職人さんから早くも質問か。熱心だなぁ。

「この……『材料を分解』って、よく解らないのですが……」

「え？　やったことないですか？」

……全員がないと答えた……

「皆さん、【加工魔法】と『金属加工』『鍛冶技能』はありますよね？　今までどうやって素材から材料を取り出して、加工していましたか？」

どうやら砕いたあとに鑑定しながら物理的に依り分けていたか、別の職人が分けた物を購入していたようだ。

折角【加工魔法】があるのに、なんてもったいない！

コスト削減のため、皆さんに直接抽出してもらうことにした。

俺はまず鑑定し、何が含まれているのか書き出してから、ひとつひとつの素材に魔力を通して抽出して見せた。

本当は【文字魔法】を使えばいっぺんに全部を分けられるのだが、皆さんには使えないので仕方ない。

すると皆さん、あっという間にできるようになった。

「こんなやり方があったなんて……砕く必要、なかったんですね」

「効率は良いけど、知識がないと巧く取り出せないな……」

そうだよなぁ。慣れないと難しいか。

「それは何度もやっているうちに覚えますよ。俺も五日間ほどかけて、二百個くらいを分解して慣れましたから」

みんな固まってしまった。あ、そうか、働きながらじゃそんなに時間取れないもんね。

……「……五日で二百個……？」

……「ありえねー……魔力もたないよ……」

……「どんなに頑張っても私、一日十五個くらいが限度だわ」

なんかブツブツ言っているけど……やり方を反芻《はんすう》しているのかな？　早く慣れてくださいね。

あれ？　分解をやったことがないってことは……

「すみません、皆さん、空気の組成って……解ります？」

「空気は……空気でしょ？」

「空気なんて、どう分解するっていうんです？　見えないのに……」

ああぁーっ！　そっかーーっ！　酸素とか窒素とか、そういう概念すらないのかー！

これは……まず、化学の授業からか？

いや、俺に化学の講義は難しいか……電球の耐久性が落ちても、仕方ない。

アルゴンガスは諦めて、真空にする方向で行こう。

元々のアーメルサス製白熱電球も、真空バージョンだったし。

そうして色々なことを妥協しながら、俺はなんとか五人にひと通りの手順を説明した。

あとは実践してもらいながら、不明点や疑問点を潰して仕上げていこう。

「みなさん、お腹《なか》が空いた頃でしょう？　ちょっと早いですが昼食にしましょう」

「コデルロさん、ナイスタイミング。俺も腹ぺこです。

「じゃあ、皆さんこちらの食堂でいただきましょうか。タクトくんもいかがですか？」

「いえ、俺は裏で食べちゃいます。昼は混むので手伝いたいし」

「そうですか……では、私とタセリームくんの分も含めて七人分、お願いしますね」

「はーい、かしこまりましたぁ！」


食事中、彼らはディスカッションしながら、やり方などを確認していたようだ。

みんな職人さんって感じだよなぁ。女の人達は器用な人ばかりだし、男の人達も繊細な作業が得意みたいだし、きっと良いものが作れるに違いない。

「えっ、このパン、タクト君が作ったのか？」

「美味しい……こんなに柔らかいパン、初めて……嬉しい……」

「この煮込み料理も旨いよ。この町に来てよかった……！」

どうやら皆さんはこの町に留《とど》まって、ここで製作作業をするみたいだ。

そりゃそうか、殆どの素材はこの町の物だ。

他の場所に素材を持っていって作るより、ここで作った製品を出荷する方が遥《はる》かに効率的だ。

ということは、竹がコンスタントに入ってくるってことかな？

「竹を……ですか？」

「ええ、ちょっと分けてもらえないかなって」

コデルロさんに頼んでみる。

近隣には生えてないから、入れる量次第ではコストが高く付くだろうしダメ元で。

「ええ、かまいませんとも！　あれを利用する職人は殆どおりませんから、処分に困るほどでしたので」

「運搬費がかかりませんか？」

「中が空洞で軽いですからね。他の木材よりはかかりませんよ。それにあれはやたらと生育が早くて、伐採が追いつかないらしいのです」

そっか、竹はなかなかないのかと思ったけど、使う人がいないから流通していなかっただけか。

でも、そんなに沢山は要らないんだけどね。

なるべく古くて太い物を一本と、若くて青い物を三本欲しいとお願いしたら快諾してくれた。

これで竹細工ができるぞ。笊を作って、うどんとか蕎麦《そば》とかも試してみようかなー。

コデルロと職人達

「さて、皆さん、今日はお疲れ様でした。いかがでしたか？」

「タクトくん……凄い体力ですね。あれだけ魔法を使って、あんなに普通に動けてるなんて」

「本当ですねぇ……皆さん、どうですか？　燈火の作り方は？」

「どうもなにも、今までとは考えられない魔法の使い方ですよ、コデルロさん」

「そうね、私【加工魔法】ってもっと単純なものだと思っていたわ」

「私もです……技能と組み合わせるなんて思ってもいませんでしたし、やり続けるには、魔力が相当いると思います」

「ふぅむ、いきなりの量産は難しそうですね」

「流れ作業で、決まった工程だけをひとりひとりが受け持って作った方が、効率が良さそうです」

「ひとつをひとりだけで完成まで仕上げるとなると、もの凄い負担ですし何より仕上がりにばらつきが出ると思います」

「それを……タクトくんは、ひとりでできるわけですか。なのに魔法師とは、もったいない」

「ええっ？　魔法師なんですか？　鍛冶師とか錬成師ではなくて？」

「技能はあるようですが、彼は付与魔法師ということですね」

「なるほど、魔力量が多いのはそのせいですか。でもあれほどの技能、熟練の錬成師と変わりませんよ？」

「全く品質の変わらない小燈火を十三日ほどの間に十五個、ひとりで作り上げたそうですからねぇ」

「うわ……私達だと全行程をひとりでやったら、多分二日で一個がやっとですね」

「ううむ、やはりひとり一、二工程で流れ作業がいいですねぇ……そうすると最低人数は……」

「おそらく、二十人は必要です。交代も含めると。かなりの人数になりますね」

「……臣民用の量産は、今は諦めましょう。人件費がかかり過ぎます。特注で上流階級向けに作り始めて、技能を持つ者が揃ったら体制を変えていきましょうか」

「それが良いと思います。こんなに細かい作業と高度な魔法を使っているのに、あんなに安価な方がおかしいですよ」

「さっき、竹を欲しがっていましたよね？　何に使うんですかね、あんなもの」

「形状や太さまで指定されましたからねぇ……私には見当もつきませんが、何か新しいものができそうです」

「興味ありますね。彼の作る物はどれも精度が高そうです」

「皆さんはこの町に留まるのですから、いち早く情報が摑《つか》めますね。よろしく頼みますよ」

「ええ、タセリームさんにばかり、あの才能を独占させるのは癪《しゃく》です」

「あの身分証入れ、うちで作って売りたかったです」

「まったくだぜ。あの金属部分の素材、うちでも扱いがないものだった」

「きっと彼がこの町の鉱石から例の『分解』で取り出したのね。新素材をああも簡単に製品化するなんて驚きだわ」

「彼にとってはなんということのない作業なのでしょうねぇ。本当に、もったいない」

凡百陳腐。

はっきり言って俺に当《あ》て嵌《は》まり過ぎる四字熟語だと思う。

何もかもが平均点。小さい頃からその辺は変わっていない。

両親が公務員という時点で、突出しない感バリバリだ。

だからといって、別に不満はなかった。

ぐれたりもしないし、自分探しの旅に出たりもしない。

好きなことがあったから。

ずっとずっと文字ばかり書いていた。

小説とか詩歌とか、そんな小洒落《こじゃれ》たものではない。辞書を開いてその単語を書く。

どこが楽しいのかって？

多分誰にも解《わか》らないだろうから、余計に楽しいんだよ。

俺だけが、その楽しさを知っている。

文字を書く時だけは『平々凡々常に平均点の鈴谷拓斗』から抜け出せていると思えてたから。

今日は、俺が勤めているカルチャースクールの講座があった金曜日。

今はその帰り道。

一日一コマ九十分で、火曜と金曜の週二回。

自宅からは電車を使って一時間とちょっと、俺が一番遠出をする勤務先がこのカルチャースクールだ。

火曜日だけでなく、金曜日にまで講座を持てるなんて、ラッキーだ……と、初めのうちは思っていた。

だが金曜日とは意外と皆さんがあちこち行きたくなったり、デートやら、お家でまったりやら、土日にしっかり休むからと残業しちゃうなんて人が多くて、昼間も夕方も意外とスクール希望者が少ないのだ。

……まぁ、うちのカルチャースクールがビジネス街にあったというせいもある。

俺の勤めていたスクールのある場所は、表通りのバリバリ外資系企業が入っている高層ビルのビジネス街と、ちょっと横道に入ると古い街並みの少し高級そうな商店があるような所だった。

スポーツジムと併設だったのだが、スポーツジムのオーナーがそれこそ趣味でやっているようなスクールだったのだ。

表通りのビジネス街の方々はスポーツジム通いを欠かさない人も多く、アウトドアが大好きだったり、アクティブにお過ごしだ。

俺もオーナーに勧められてしまい、付き合い程度でジムの方にも週一回だけ通っている。

他の講師達《たち》とも割と仲良く過ごしているし、カルチャースクール内でのコラボ講座も参加しているので交流は多い。

だが、俺の講座はあまり人気がない。

筋肉自慢のトレーナーさん達とか、ビジネス帰りや空き時間に汗を流しに来る方々も行き来が多いカルチャースクール側の廊下。

しかし、そういう人達からは……残念ながら見向きもされない極小教室。

事務仕事を終えた人達が、また座って文字を書くなんてことを仕事帰りにしたくはないのだろう。

カリグラフィーを教える教室は、どちらかというとおばさま達がメインだろうから昼間に多いと思う。

そういう方々は、ビジネス街には多くはいない。

しかしこの近くには古くからの、自宅と一体型の食べ物屋さんも沢山ある。

俺が週二回の講座を存続できたのは、その横道にあるちょっと高級な飲食店のおば様達が通ってくれていたからだ。

「メニュー表が綺麗《きれい》に書けるようになったのよぉ」

「私はランチのチラシを作ったわ！　ほらっ、この間習った書体よ！」

「うちのナプキンにね、あたしの書いた文字で印刷を入れたんですよー」

おば様達はとても楽しげだったが……まぁ、ゆっくりと机で文字を書くだけの教室で、書道のように正座もないし井戸端会議の延長戦みたいな九十分なのだろう。

俺はといえば、そんなおば様方の話を聞くのもそれなりに楽しかった。

講座はいつも楽しくのんびり、彼女達が実用できる言葉を色々な書体で教えていた。

おかげで料理の名前とか、食材の知識がめちゃくちゃ増えていった。

その影響でひとり暮らしのくせに、時折凝った料理を作ってみたりもしたものだ。

ネットなんかでたま――にフリーの書き文字のお仕事も入ることがあったけど、それだけでは収入など雀《すずめ》の涙。

カルチャースクールの講座がない日は、自宅でお子様相手の書道教室。

自宅は古い日本家屋で木造平屋。

だが、かなり広いし庭も大きめで、俺の好きな桜などが沢山植わっている。

こっちの方は元々、じいちゃんがやっていた教室を引き継いだだけだが……盛況だった。

傍《はた》から見たら、書道が本業でカリグラフィーは副業にもならない趣味……に見えていただろう。

でも、俺にとっての本業はカリグラフィーだ。

心や意識とは現実があまりに乖離《かいり》していて、説得力がなさ過ぎるが。


いつもはさっさと家の最寄り駅まで戻ってしまうのだが、今日は違う。

金曜日の午後三時、まだ一般的な会社は就業中だから町を歩いているビジネスマンは仕事中。

俺は途中駅で降りて、そんな彼らを横目に目的地へと走る。

いや、正確には小走り気味に歩いている。

走っているのは気持ちの上で、だ。

昼食が少なめだったせいかお腹《なか》が空《す》いているが、そんなことも気にならないくらいウキウキしている。

目指しているのはこの界隈《かいわい》で最も大きい書店であり、文具店。

俺が子供の頃から通う、自宅から三駅ほどのところにある老舗で地下一階地上六階の大型店だ。

入口付近で催し物をやっているのか、少し混んでいる所をすり抜けてエレベーターに乗る。

目的の階は当然、万年筆とインクが並べられている四階だ！

今日はS社製インクの新色発売日！

大好きなこのシリーズを、俺はいつも心待ちにしていた。

一緒に専用の万年筆も買おう。

常連の俺に、いつも声をかけてくれる店員さん達が何人かいる。

今日もその人達と新しいインクのことを色々と話して、次のはこんな色がいいとか、今回のインクはどんな文字に似合いそうとか、インクの原材料のことまで一時間も話し込んでしまうほどに
……この売り場にはあまり人がいないのが残念だ。

ふと見ると、カリグラフィー用のペンが何本か増えている！

ふおぉぉぉ――っ！

う、やはり、高いな……

だが、ここは買わねばなるまい。

このペンこそが俺の心の支えなのだ。

手持ちの現金は少ないし、仕事柄クレジットカードもないが銀行の口座にガッツリじいちゃん達の遺産が入っているから承認されたのか、銀行発行のデビットカードは持っている。

……これくらいなら、遺産の方を使い込まずに買えるし……うん、生活費も平気だ。

ギリギリだけどな、今月……

来週頭には書道教室の入金があるから、土日我慢すればいいだけだ。

ということで、ペンを三本、インクを三色二瓶ずつのお買い上げ。

は――――……幸せの瞬間だ。

早くうちに帰って、インク瓶をコレクションボックスに並べよう！

ペンは天鵞絨《びろうど》貼りのケースに入れて飾ろう！

試し書きは明日かなー。

ふっふっふー。

そうだ、書道の見本帳を一冊買っておこう。

来週は書展に出すと言っていた、小学校高学年の子達も来る。


電車で三駅、自宅までは駅から歩いて十分ほどだが上り坂だ。

おっといけない、忘れるところだった！

今日は俺の大好きなK軒のお弁当を買う、週に一度のお楽しみデーだ。

家の近くのコンビニで売ってくれたらいいんだが、この弁当は『駅弁』なので駅近辺でしか売っていない。

出掛けない日に坂道を降りて駅近くで買い物をすることがないので、スクール帰りの曜日限定にしている。

火曜日も同じK軒だがその時は季節の限定弁当で、金曜日は最も売れ筋主力商品の定番弁当だ。

……最近、ちょっと値段が上がったな……

まぁ、旨《うま》いからいいんだけど！

そうだ、うちに帰ったらちょっとだけいい茶葉のお茶を入れよう。

隣の横田《よこた》さんのおばさんがくれた、宇治茶があったはずだ。

そんなことを考えながら、坂道を登っていく。

途中ですれ違う書道教室の子供達が、手を振ってくれる。

次のあの子達のクラスは……明明後日《しあさって》だったな。

明日の土曜日は中高生達だ。

あ、墨汁注文しておかなくちゃ。半紙はまだ足りるかな？


西に傾いてきた太陽が、右手側の丘を照らす坂を登り切って振り返る。

ここまで登ってくると南東側、坂の下の方には遠くに海が見える。

漁港ではなく商業港だから、工場とか倉庫の屋根の向こう側にクレーンも突き出している。

ここで見る夕焼けは、あまり好きじゃない。

両親を亡くしてじいちゃんの所に引き取られた最初の日に、春だというのに肌寒い中で見た焼けるような空を思い出すから。

ああ、やめ、やめ！

嫌な気分や悲しい気持ちなんて、思い出したってなんのプラスにもなりゃしないんだ！

今日、俺はハッピーなのだ！

家に入って、鞄《かばん》を机の上に置いた。
いかん、スマホの充電がもうないはずだ。
充電器に繋《つな》いで……財布を出しておかないと、レシート入れっぱなしにしちゃうな。
いや、もう、あと、あと！
お腹空いたー！
楽な格好に着替え、お茶のために湯を沸かしつつ台所のテーブルにはお弁当！
しまった、急須が俺の部屋に置きっぱなしだ。
昨日《きのう》、使ったままだよ……洗い忘れてたー。
バタバタと部屋に戻って、急須に手を伸ばした。
その時。

足下がふわりとして、すとーーん、という『落ちる』感覚。
そして目の前には、空と燦々《さんさん》と輝く真昼の太陽。
背中に、ごつごつと何かが当たっている感触。
……は？

設定資料集

シュリィイーレ地図

＊東門から出ると下り坂で隣町へ

＊北門通りを北上して北門から出ると
碧の森に入り、錆山へと続く

＊東の大市場内は、
運搬用の馬車でも入れる

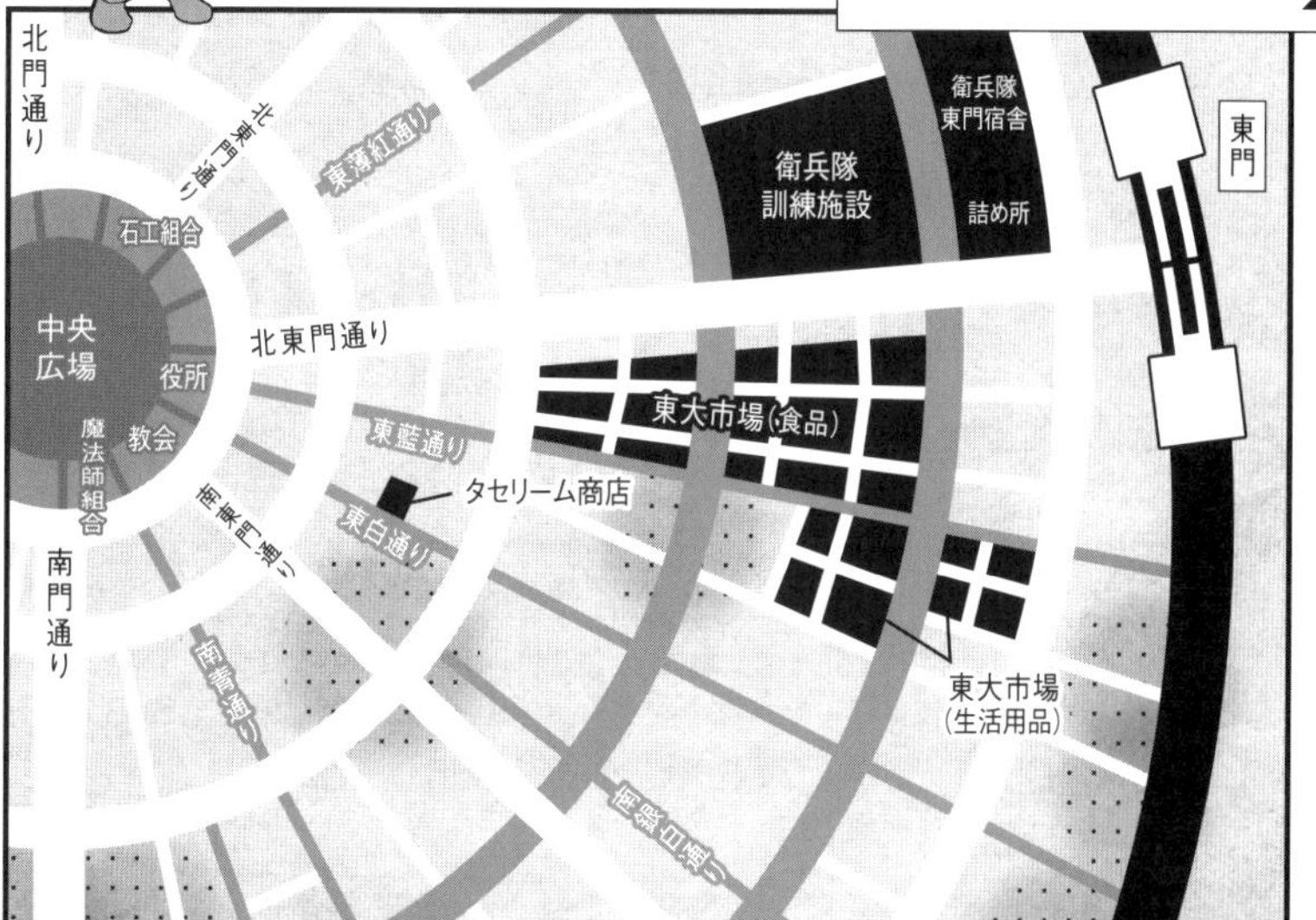

緑地や公園

＊表示されているのは馬車通りのみ。
＊この他に、脇道や小道もあり。

この世界の魔法1

【回復魔法】 分類✦黄属性魔法

傷や怪我を治療できる。解毒効果はない。
病気の治癒はできない。

【付与魔法】 分類✦白属性魔法

物品に直接呪文《じゅぶん》を書いて魔法を封じ込めることで、発動されるようにする。
呪文《じゅぶん》の書き方で使用時のみ発動や常時発動などの指定もできる。
文字が消えたり欠けたりしても、すぐに魔力はなくならない。
魔力さえもう一度供給すれば、一定期間は何度でも同じ効果が発揮される。
ものによってはその魔法の発動、効果維持の為に使用者の魔力が必要。

【守護魔法】 分類✦現時点では不明、独自魔法(?)

多分対象の人または物に対して『守護』の効果を発生させる。
詳しくは不明。

【加工魔法】 分類✦赤属性魔法

石・金属などの加工ができる。
性質などを変えずに形を変えたり、状態を変化させることができるが、
全く違う性質の物を結合させたり混合させることはできない。

【制御魔法】 分類✦現時点では不明、独自魔法(?)

対象物の動きや変化を制御できる。
だが、意図した通りに操作することはできない。

この世界の魔法2
~タクトのみの固有魔法~

【文字魔法(カリグラフィー)】 分類✦白属性魔法、独自魔法(?)

書いた文字そのものに、魔力が宿っている。文字で書かれた意味・指示が、現象として発現・維持される。

文字が消えたり欠けたりすると、全く効果を発揮しない。消えた部分だけ書き直しても、効果は格段に劣る。

紙に書いて魔法を発動している場合、書いた紙を折って文字が折れ曲がってしまうと魔法が効かなくなる。

物品名を書くと今まで手にしたことのある物であれば、出すことができる。

呪文《じゅぶん》に使用する文字色によって、効果に変化がある。

直接書くことができない物品でも、インクや墨など液体の物を使用して空中で書いた文字を付与できる。

文字を綺麗に美しく書くほど、強力で持続効果が長くなる。

【複合魔法(レシピ)】 ✦【文字魔法】の一部

できあがりまでの工程で使用する複数の魔法やアクションを
まとめて一枚の紙に書き、それを材料に触れさせると発動できる。
一度作った物の手順、完成の状態を記憶している者が発動することで、全く同等の物を作ることができる。

【集約魔法】 ✦【文字魔法】の一部

全く性質の違う魔法やアクションを一枚の紙に書き、線で括った後指定した文字でまとめることで、
その指定した文字を付与するだけで書いた内容全ての一括付与が可能になる。
括った線の中に後から指示や魔法を書き足すと、
以前に付与したその文字が付けられている物全てにその内容の更新がされる。

【蒐集魔法(コレクション)】 分類✦白属性魔法、独自魔法(?)

蒐集している物とみなされた同分類の三個または五個以上ある物品が収納され表示される。

取り出し・再収納が可能。同じ物を五個以上同時にしまうと新しいカテゴリーも追加できる。

【金融魔法(銀行)】 ✦【蒐集魔法】の一部

コレクションの一部として機能している『保有資産(日本円)』が管理されている。

物品を貨幣価値に換算して『お金(日本円)』に変化させられる。

お金であればコレクション内にしまうことで『残高』を増やすことができる。

その保有資産を使用してコレクション内にある物と同じもの、同分類の物を購入できる。

但し、購入できる物は経験等に基づくので知らない物、今まで購入したことのないカテゴリーの物などは買えない。

❧ 皇国の基本設定 ❧

◀ イスグロリエスト皇国暦 ▶ 一年／379日（13ヶ月）

＊新月のみ31日間。その他の月は29日間。

シュリィイーレの四季

春	夏	秋	冬
しん つき **新月**	ゆみ つき **弓月**	さく つき **朔月**	（みつき20日頃から） まち つき **待月**
せん つき **繊月**	ぼう つき **望月**	つる つき **弦月**	さら つき **更月**
けん つき **剣月**	よの つき **夜月**	みつ つき **充月** （20日頃まで）	にも つき **晦月**
			ゆう つき **結月**

▶▶▶ ▶▶▶ ▶▶▶

＊シュリィイーレは冬が長く、特に待月後半から結月前半は厳冬期。他領では四季の感じ方が違う。

一日／十三刻

『改日時』から一刻間毎に一刻、二刻……と進む。十二刻の一刻後が翌改日時となる。

一刻間はだいたい日本時間の2時間弱。半刻は1時間弱、四半刻は30分弱。

これより細かい時間の区切りは意識されていない。

シュリィイーレの日の出は、だいたい三刻半から四刻半。日の入りが九刻から十刻くらいで季節によって少し変わる。

イスグロリエスト皇国　時間／日

シュリィイーレ
日の出～朝

シュリィイーレ
昼食時～スイーツタイム

シュリィイーレ
夕方～日の入り

改日時　半刻時　一刻　一刻半　二刻　三刻・・・・・・　・・・・・・十一刻　十二刻　十二刻半　翌改日時

▨ 一刻間　▦ 半刻　▨ 四半刻

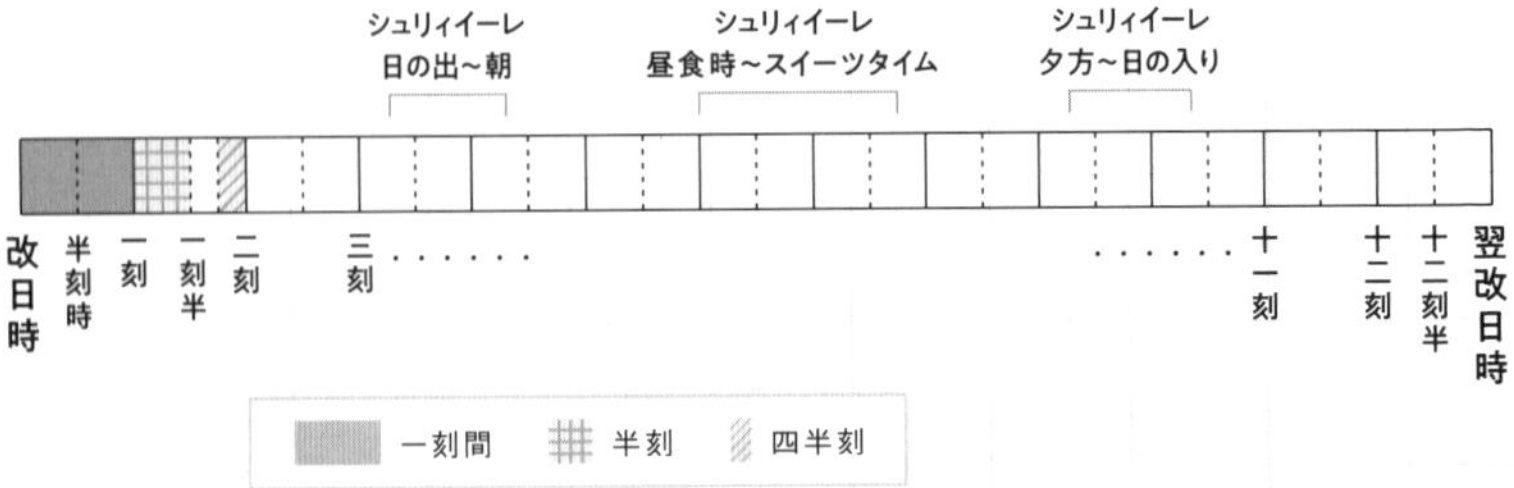

魔法・技能分類／色相属性

魔法・技能には『色相属性』があり得手不得手がある。

属性	説明	【魔法】	【技能】
赤属性	火・土・金属系の魔法。石加工や金属鑑定なども含まれる。	灯火魔法・火炎魔法 加工魔法・土塊魔法　など	鍛冶技能・金属鑑定 鉱石鑑定・石工技能　など
青属性	水・風・空気系の魔法。水質鑑定なども含まれる。	空力魔法・水流魔法 風刃魔法・旋風魔法　など	大気調整・大気鑑定 水質鑑定・水性操作　など
緑属性	植物・動物に限定される魔法。動植物の鑑定、医療魔法系も含まれる。	調理魔法・医療魔法　など	木工技能・植物鑑定 身体鑑定・毒物鑑定 料理技能　など
黄属性	雷・回復系魔法。浄化・解毒も含まれる。大量の魔力を必要とする魔法。	雷光魔法・回復魔法 解毒魔法・浄化魔法　など	空間操作・重力操作 毒性鑑定　など
白属性	各色以外の無属性魔法。 状態維持や耐性・強化系、独自魔法、付与魔法もここに含まれる。	**【白属性魔法】** 付与魔法・耐性魔法 強化魔法・俊敏魔法　など **【独自魔法】** 蒐集魔法・文字魔法 集約魔法・複合魔法　など	**【白属性技能】** 計測技能・描画技能　など **【独自技能】** 貴石鑑定　など

MFブックス

カリグラファーの美《び》文《も》字《じ》異《い》世《せ》界《かい》生《せい》活《かつ》
～コレクションと文《も》字《じ》魔《ま》法《ほう》で日《にち》常《じょう》生《せい》活《かつ》無《む》双《そう》?～ 1

2023年8月25日　初版第一刷発行

著者　磯風
発行者　山下直久
発行　株式会社KADOKAWA
〒102-8177　東京都千代田区富士見2-13-3
0570-002-301（ナビダイヤル）
印刷・製本　株式会社広済堂ネクスト
ISBN 978-4-04-682666-4 C0093

担当編集　川﨑拓也
ブックデザイン　アオキテツヤ(ムシカゴグラフィクス)
デザインフォーマット　AFTERGLOW
イラスト　戸部淑

本書は、カクヨムに掲載された「カリグラファーの美文字異世界生活　～コレクションと文字魔法で日常生活無双?～」を加筆修正したものです。

ファンレター、作品のご感想をお待ちしています

宛先
〒102-0071　東京都千代田区富士見2-13-12
株式会社 KADOKAWA　MFブックス編集部気付
「磯風先生」係「戸部淑先生」係

二次元コードまたはURLをご利用の上
右記のパスワードを入力してアンケートにご協力ください。

https://kdq.jp/mfb
パスワード
umua2

● PC・スマートフォンにも対応しております(一部対応していない機種もございます)。
●アンケートにご協力頂きますと、作者書き下ろしの「こぼれ話」が WEB で読めます。
●サイトにアクセスする際や、登録・メール送信時にかかる通信費はご負担ください。
● 2023 年 8 月時点の情報です。やむを得ない事情により公開を中断・終了する場合があります。